Gnothi Seuton! Why me?

눈동자에 비친

외로운 존재의 그림자

동수현

비즈프레스
BIZ PRESS

【들어가며】

먼저, 이 책에서 (인용된 부분을 제외하면) 등장인물, 사건, 배경들은 저자의 상상력에 의해 순수하게 창작된 것이다. 현존 인물, 고인, 작품 및 관점의 유사성이 존재한다면, 그건 모두 우연이다.

이 글은 넓은 의미에서 〈소설〉의 형태를 취하고 있다. 내가 믿기로 〈소설〉이란 장르는, 글로 쓰여 지는 모든 장르 중에서 가장 관대하고 포용력이 큰 장르이다. 글 속에 나오는 에피소드, 인용문구, 에세이, 시, 가사, 영화평 등과 같은 다양한 형식의 글들은, 소설이라는 무한한 바다에만 담겨질 수 있다. 물론, 그것이 내가 전달할 수 있는 내용과 형식에 어떠한 제약을 주지 않았다는 뜻은 아니다. 소설이 〈이야기〉라는 것, 그것이 사실적인 허구라는 것, 그리고 진실을 말하기에 가장 적합한 형식이라는 것은(순전히 자의적인 판단임에는 틀림없지만) 내게는 수학적 공리와도 같은 믿음으로 다가왔다. 그럼에도 불구하고 〈소설〉적 자유로움은 처음부터 끝까지 나를 격려하기도, 괴롭히기도 했다.

이 책은 미니 픽션 (Mini-Fiction) 혹은 짧은 단편의 형태를 취하고 있다. 아라비안 나이트, 데카메론, 캔터베리 이야기에서 익히 경험해 왔던, 누군가에게 편안하게 들려주고 싶은 이야기들의 모음이다. 따라서 소소하지만, 친근하고, 사적인 이야기들을 담았다.(그러나 주변에서 말하듯이, 사적인 이야기 속에도 흘려보낼 수 없는 무거운 주제들이 나타나곤 한다.) 나는 좀 더 가까이에서 이야기 해주는 방식을 고민했다. 그리고 그러한 방식은 굳이 멀리서 찾을 필요가 없다는 사실을 깨달았다. 그건 마치 어렸을 때부터 지금까지 우리들의 할아버지와 할머니, 아버지와 어머니, 누나와 언니, 형과 오빠, 선배, 동료와 후배, 친구들과 이웃들이 들려주던, 바로 그 방식이었다. 그 방식은 이야기를 시간의 퇴적과 함께 더욱 재미있게 변주한다.

따라서 본 글의 구성은, 형식에 구애됨이 없이 자유롭다. 각각의 장은 독자적인 이야기로 되어 있고, 장마다 실린 이야기들도 (1장과 2장을 제외하고는) 각각의 독립적인 이야기들로 구성되어 있다. 따라서 어느 장부터 읽어도 글을 이해하는 데는 전혀 상관이 없다. 각 장은 크게 보아 글이 써진 순서에 따라 시계열적으로 배열되었으나, 이러한 순서조차 임의적인 것이며, 물리적인 시간보다는 기억과 경험의 시간에 따른 배열에 더 가깝다고 할 수 있다.

쉽게 발견할 수 있겠지만, 이 글에서 나는 줄곧 일인칭 시점을 취했다. 그것은 내가 말하고자 하는 이야기들이 내 안에서 태아의 형태로 꿈틀거리다가 밖으로 나왔기 때문이다. 친근한 일인칭으로 주변을 그려내는 방식은, 내게는 포기할 수 없는 존재방식이기도 하다. 따라서 이 글 속의 일인칭은 실제로는 당신일 수도, 그일 수도, 그녀일 수도 있다. 그것은 또 다른 '나'의 이름을 빌린 '우리'의 이름이다.

이 글에서 다양하게 언급된 시인과 시, 철학자와 철학적 명제, 소설가와 소설(또는 전기적인 삶), 음악가와 음악(클래식 음악가나 뮤지션), 화가와 그림, 감독, 배우와 영화에 대해서, 별다른 추가 설명이나 주석을 넣지 않았다. 인물 및 작품에 대한 이해가 없더라도 글을 이해하는데, 큰 무리는 없다는 것이 내 생각이다. 다만, 만약 이 글에서 언급한 사람들에 대한 작품을 읽거나 좋아한다면, 저자와 친밀한 동질감을 가질 수 있으리란 점은 말하고 싶다. 같은 예술가와 예술작품을 좋아하거나 같은 뮤지션의 팬이라면, 서로 맘을 터놓고 이야기할 친구가 되기 쉽지 않겠는가.

슬프게도, 이 글에 나타난 오류나 편견, 무지와 오해가 등장인물이 아닌, 저자 자신의 것일 수 있다는 점을, 독자들은 어쩌면 빠르게 간파하게 될 지도 모르겠다. 독자들의 날카로운 눈을 의식하게 되면 될수록, 저자는 초기의 즐거움이나 용기를 잃게 되고, 글은 점점 처음의 향기를 잃게 되기 쉽다는 점을 솔직히 고백하고 싶다. 그러나 책이 출판된 순간, 더 이상 책에 대한 저자의 권리는 사라지게 되며, 독자들의 고유한 비판적 권리만이 남게 된다는 점도 겸허하게 인정할 수밖에 없다. 따라서 이 책에 드러내는 모든 오류와 실수는 전적으로 저자 본인의 책임이다.

이 책은 순전히 한 뛰어난 편집자의 지원과 격려에 의해서 만들어졌다. 출판 분야가 다름에도 불구하고, 기획, 편집, 디자인에 이르는 모든 과정에서, 탁월한 능력과 수고를 보여주신, 비즈프레스 추일재 대표께 지면을 빌어 깊은 감사의 말을 전한다. 난삽하고 혼란스러운 원고 형태를 아름다운 책으로 만들어주셨다. 이 책이 조금이나마 읽을 만한 가치가 있다면, 그건 전적으로 뛰어난 편집자 덕분이다. 추대표께서는 인내를 가지고 실수를 바로잡아주시는 역할 뿐만 아니라, 넓은 관용과 이해심으로 저자에게 인격적으로, 정신적으로도 큰 힘이 되어 주셨다.

♣

거대한 바다는 〈시내〉로부터 시작한다.
〈시내〉는 새로운 생명이 시작되는 곳이면서, 새로운 흐름의 발원지다.
〈시내〉는 언제나 내게는 사랑의 대상이자 존재의 근거였다.
이제, 한 권의 책을 〈시내〉에게 띄워 보낸다.

늘 그래왔듯이, 〈시내〉가 우리를 어디로 데려갈지는 아무도 모른다.

목 차

제6장 집으로 오는 길 -철도역에 관한 명상

CHAPTER 01

눈동자에 비친 외로운 존재의 그림자

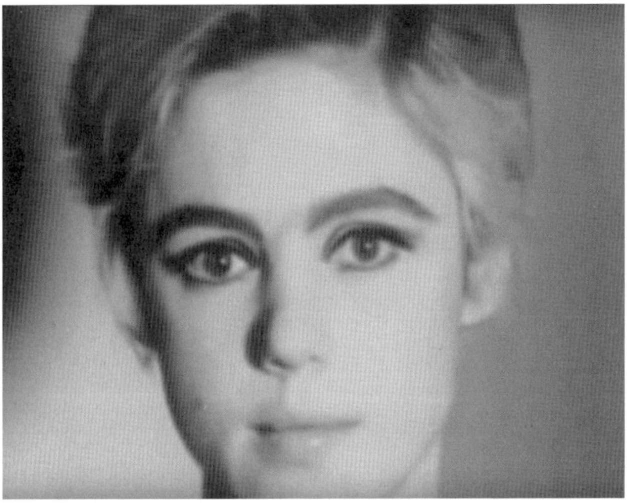

‘쓴다는 것은 내게 있어 신을 찾는 일이다.’
카슨 맥컬러스(Carson Mccullers)는 말했다.

한 장의 사진을 본다.
사진 속에 앤디 워홀(Andy Warhol)의 뮤즈(Muse),
에디 세즈윅(Edie Sedgwik)이 당신을 응시하고 있다.
그녀의 눈동자에 비친 것은 무엇이었을까?
존재의 외로움? 예술적 호기심? 깊은 초원의 빛?
과연!
이 한 장의 사진에서부터 글은 시작한다.
신을 찾으러 출발한다.
내게 신은 당신이기 때문이다.

가을을 홀로 견디어 내는 일

세계는 봐주었으면 하는 것, 바로 그것에 의해 지속된다.
바라보지 않으면 세계는 사라진다.
그러나 시선만으로는 부족하다.
태양이 있어야 한다, 반드시.

♣

햇빛과 가을.

기숙사 건물이 유령처럼 햇빛을 등지고 서있다.
코발트빛 하늘 아래 가로수마다 금빛 은행알들이 주렁주렁 열렸고, 바람은 마르기 시작한 가지를 끊임없이 흔들었다.
건물의 잔디밭에는 단풍나무들이 주말 오후의 햇빛을 받아 반짝거렸다.
(계절은 언제나 '햇빛'이라는 증인을 필요로 한다.)

탁, 탁, 탁.
햇빛이 비스킷처럼 부서지면서 지상으로 내려온다.

시간이 시냇물처럼 조용히 흐르고 있다.
비어있는 기숙사에 어떤 인기척도 들리지 않는다.

모두 사라졌다.
이따금 바람소리와 형광등의 윙윙거리는 소리만이 들린다.
공간을 침묵이 메우고 있다. 마치 이 곳은 모든 음향을 차단한 것처럼 고요하다.
오후가 침묵의 호수에 잠겨있다.

기숙사의 열린 창문 사이로 한 소년이 보인다.
소년은 하나의 그리스 기호처럼 앉아있다.
소년은 바로 그리스 기호 Θ(세타)를 닮았다.

〈그리스 기호의 소년〉은 창가에 앉아 거리를 내다보았다.

"여보세요?"
적막과 고독의 신호들 틈새로 핸드폰벨이 울렸다.

"내 말 듣고 있어?, 요즘 통 연락이 없길래"
맹맹한 비음이 섞인 〈시나리오 쓰는 여자〉의 목소리다.
소년은 〈시나리오 쓰는 여자〉와 위험한 장난을 했었지.
어떤 무의미함, 부조리한 균열이 방종의 세계로 소년을 이끌었다. 도박을 소망하는 소년의 욕망과 권태로운 그녀의 일상이 묘한 접점에서 만났다. 용돈, 섹스, 애절함 같은 것들이 〈그리스 기호의 소년〉 주변에서 맴돌고 있다.

〈시나리오 쓰는 여자〉는 왜 자신인가, 소년에게 물어 보았다.
왜 당신이냐고?

욕망은 욕망에게 물어보라.
그것을 〈성숙함으로의 유혹〉이라고 부를 수 있을까. 깊은 잠을 자고 싶기 때문에?

소년은 스스로에게 질문해보았다.
어느 정도까지 상식에 위배되는 위험을 감수할 수 있는가
그 어떤 위험의 임계점이 존재하는가.

“40대가 되면 자존감에 대해 의심을 품게 돼”
그녀는 소년의 날씬한 허리를 감싸 안으며 행복한 듯, 불행한 듯 알 수 없는 표정을 지었다.

사랑하던 사람이 두려움의 대상이 되면 벗어날 수 없는 수렁에 빠진 기분이 든다.
그러나 인생이 한낮 게임이라면?
여자는 쉼 없이 알 수 없는 말을 하고, 소년은 핸드폰을 귀에서 떼어놓고 무지와 착각의 법칙에 대해서 생각했다.

“미안, 내가 전화하는 게 아니었는데......”
실망스러운 듯 한숨이 전화를 타고 뚜렷하게 들렸다.

“저는 당신이 원하는 그런 타입의 남자가 아닙니다.”
소년은 말하고, 핸드폰을 베개 속으로 밀어 넣었다.
10분 정도가 흘렀을 때, 베개 속으로부터 여자의 고함소리가 들렸다.

'난 자신을 소모시키고 있다.'

소년은 거울을 보았다. 그리고 음악을 바꾸었다. 먼지가 내려앉은 턴테이블 케이스를 열었다, 닫는다. 레드 핫 칠리 페퍼스(Red Hot Chilly Peppers)는 랩음악을 강렬한 초기 록음악의 스타일로 부르기 시작했다. 듀크 앨링턴(Duke Ellington)이나 진 해리스(Gene Harris)의 엇박자 리듬감이 방안을 울렸다.
선율이 방울처럼 튀어 오른다. 베이스음이 허공에 나비처럼 떠다닌다. 펑크적인 그루브감이 공간에 거대한 음성 기둥을 만든다. 소년은 베개 속에서 핸드폰을 꺼내 탁자 위에 놓았다. 〈시나리오 쓰는 여자〉는 한 때 〈단편영화 속의 주인공 소녀〉였다.

두 번째 전화가 걸려왔다.
다시 그녀의 전화다. 분명 받지 않으면 다시 전화하게 된다. 소년은 받지 않고, 창가에 쌓여진 먼지를 닦아 낸다.

기숙사 앞의 잔디밭에는 파란 빛이 거의 사라지고 노란 빛이 전부를 차지하게 되었다. 변화는 전혀 알 수 없는 순간에 갑자기 일어나곤 한다. 매일 잔디를 주의 깊게 관찰하지 않으면 잔디의 변화를 (그건 틀림없이 시간의 변화 일 텐데……) 눈치 채지 못한다.
'잔디는 잔디일 뿐'
어쩐지 사물에 관해서 지나치게 무관심한 것이 아닐까

가을의 빛깔은 은근하게 수수하면서 경박하지 않게, 무채색의 흑백사진처럼 펼쳐진다. '따각따각' 소리를 내며 전진해 오는 가을의 발자국 소리가 들린다.

'아직까지는 괜찮다. 거리로 나가지 않아도 아직까지는 괜찮다.'

그녀는 '외로움을 흘려보낼 수 없는 계절의 논리적 구조'를 따르고 있지. 영원히 사라지지 않을 기억의 파편들을 애써 모으려 하고 있다. 부질없는 일이다.

♣

9월이나 10월의 이런 날 월든 호수는 완벽한 숲의 거울이 된다. 그 거울의 가장자리를 장식한 돌들은 내 눈에는 보석 이상으로 귀하게 보인다. 지구의 표면에 있는 것으로 호수처럼 아름답고 순수하면서 커다란 것은 없으리라.

하늘의 물. 그것은 울타리가 필요 없다. 수많은 민족들이 오고 갔지만 그것을 더럽히지는 못했다. 그것은 돌로 깰 수 없는 거울이다. 그 거울의 수은은 영원히 닳아 없어지지 않으며, 그것의 도금을 자연은 늘 손질을 해준다. 어떠한 폭풍이나 먼지도 그 깨끗한 표면을 흐리게 할 수는 없다. 호수의 거울에 나타난 불순물은 그 속에 가라앉거나 태양의 아지랑이 같은 솔이, 그 너무나도 가벼운 마른 걸레가 쓸어주고 털어준다.

이 호수의 거울에는 입김 자국이 남지 않는다. 오히려 자신의 입김을 구름으로 만들어 하늘로 띄워 올리는데, 그 구름은 호수의 가슴에 다시 그 모습이 비쳐진다.

헨리 데이비드 소로(Henry David Thoreau)는 〈월든(Walden)〉에서 가을에 대해 말하고 있다. 〈그리스 기호의 소년〉은 〈단편 영화 속의 주인공 소녀〉였던 여자에게 전화를 건다.

"여보세요?, 어디야?"
소년은 건조한 방정식과 같은 세계로 다시 들어갈 준비가 되어 있다. 덧없는 시간은 덧없도록 내버려 둬야한다.
소년은 플라톤이 한 말을 기억하고 있다.
'사랑을 맛보지 못한 자는 어둠 속을 걷고 있는 것이나 다름없다'
고독의 시간이 퇴적되고 있다.

편지 속의 고양이 살인

시인들은 항상 사실에 대해서는 거의 틀리기 쉽다. 그것은 그들이 실제로 사실에 대한 관심을 갖기보다는 오로지 진실에만 관심을 갖기 때문이다.

윌리엄 포크너(William Faulkner)

산업디자인과 3학년인 그녀는 〈고양이 킬러〉이다.
그 사실을 아무도 모른다.
〈고양이 킬러〉가 길 잃은 고양이를 죽이고, 죽은 고양이에게 편지를 쓴다는 사실을.
벌써 12마리째다.
그녀는 기숙사 뒷산에 고양이를 묻고, 손을 씻고, 죽은 고양이에게 편지를 쓴다.

〈고양이 킬러〉는 책상 서랍에서 새하얀 종이와 펜과 잉크를 꺼내 편지를 쓴다.
레드와인 두 잔을 마시고, 바나나 두 개를 먹는다.
〈고양이 킬러〉는 아주 느리게 글씨를 쓰고, 받아쓰기하는 초등학생처럼 또박또박 글씨를 쓰기 때문에 편지 한 장 쓰는데도 남들보다 두 세배의 시간이 더 걸리는 편이다.

〈고양이 킬러〉는 긴 시간동안 각이 진 자신의 글씨체로 흰 종이를 메우는 일에 집중한다. 중간 중간에 커피나 맥주를 마시고 레코드도 바꾸어 걸고 화장실에서 소변도 보고 국수도 삶아 먹으면서 편지를 쓴다. 중간 중간 저린 다리를 이리저리 흔든다.

편지를 쓸 때는 언제나 수전 베가 음악을 틀어 놓는다.
〈Luka〉, 〈Tom's diner〉가 수록된 〈Solitude Standing〉 앨범, 마크 앤 알몬드(Mark and Almond), 다음으로 펫 메쓰니(Pet Matheney)나 빌 에반스 (Bill Evans).

'모든 상황이 편지 쓰기에 달려있다.'

누구도 찾지 않고, 아무도 찾지 않는다.
〈고양이 킬러〉는 앞에 놓인 침묵과 백지를 응시한다.

편지쓰기는 거의 네 시간을 넘어간다.
커피잔의 바닥이 보이기 시작하고, 턴테이블의 바늘에도 솜같은 먼지가 잔뜩 묻어있다.
방안은 차갑고 상쾌한 바람 때문에 조금 쌀쌀하게 느껴진다.

〈고양이 킬러〉의 손가락은 펜을 꽉 쥔 덕분에 짓눌려있고, 눈꺼풀이 무거워짐을 느낀다.
수전 베가의 노래도 늘어져 버리고 전체적인 분위기가 정상적인 속도보다 한 템포 느려지게 된다. 시간에 지쳐버린 것이 아니라 시간이 먼저 지쳐버린다.

앞과 옆, 뒤를 받치고 있던 사물들이 기지개를 켜고, 하품을 헤대고 그 동안 수많은 원을 돌면서 운동을 계속하던 시계도 고개를 이리저리 돌리면서 호흡을 가다듬고 있다.

〈고양이 킬러〉는 사람들 사이에서 잘 웃지 않고, 혼자 있을 때 잘 웃는다.
만약 누군가가 그녀의 등에 붙어서 24 시간 내내 지켜보았다면, 정신과 의사와 상담하도록 권하거나 제인 오스틴 소설의 깡마른 여주인공을 떠올렸으리라.
사람들은 그녀에게 왜 그들 사이에 있을 때 잘 웃지 않느냐고 물어본다.
그러나 그녀의 대답은 언제나 한결같았다. 침묵이었다.

언제부터인가 〈고양이 킬러〉는 사람들과의 대화를 기피했다. 굳이 피하려고 한 것도 아니고, 그들 사이에서 어떤 두려움이나 불편함을 느끼는 것도 아니었다.

다만, 〈고양이 킬러〉는 해야 할 말을 쉽게 찾아내지 못했을 뿐이고, 그들의 담론은 답변하기에는 너무 모호하고 이중적인(나쁜 의미가 아니라) 의미를 내포하고 있다고 생각했다.
'삶에서 홍미 있는 것은 삶이 내포하는 공백들, 균열들, 때로는 극적이고 때로는 그렇지 못한 공백들이다'
들뢰즈(Gilles Deleuze)는 말했다.

〈고양이 킬러〉는 말을 찾는 시간을 줄일 필요가 있었다.

특히, 대답을 강요하는 오늘날과 같은 시대에는.

〈고양이 킬러〉는 시계를 본다.
아무도 찾지 않는 기숙사의 가장 어두운 방에서 그녀는 자신이 죽인 〈고양이〉에게 편지를 쓴다.
널 죽여서 미안해, 라고 시작한다.

아무도 모른다. 다만, 그녀가 쓰는 편지에 근거한 것이다.
〈고양이 킬러〉는 〈고양이〉를 하나의 메타포로 언급한 것인지 모른다. 기숙사 근처에는 고양이가 너무 많고, 사실 그녀는 어떤 것도 죽일만한 근거를 가지고 있지 않다.
그녀는 다만, 편지 속에서만 존재하는 〈고양이 킬러〉일 뿐이다.

애견(愛犬) 핀업-걸(Pin-Up Girl)

동물들은 자신을 변호하지 않는다.
자기 정당화를 바라지 않는 삶으로서.
적어도 동물은 가짜 언어를 쓰지는 않는다.

♣

기숙사의 마스코트인 애견〈핀업-걸〉은 요염한 강아지다. 자신의 섹스 어필을 과감하게 드러낸다.
'저러다 사고날라. 너무 흘리고 다니는 군'

얼마 전 〈핀업-걸〉은 임신을 했다.
아무도 누가 그녀를 임신시켰는지 알지 못했다. 기숙사에는 총 네 마리의 수놈과 두 마리의 암놈이 살고 있다. 네 마리 수놈 〈순딩이〉, 〈타이슨〉, 〈개츠비〉, 〈호날두〉.
우선 〈호날두〉와 〈타이슨〉이 유력한 용의자였다.(그러나 물어볼 수는 없다)
요염한 〈핀업-걸〉도 묵비권을 행사했다.
〈핀업-걸〉의 주인이자 보호자인 경제학과 2학년 〈투기꾼(Mr. Speculation)〉도 난감해 했다.

♣

어스름하게 날이 저물기 시작하고 마지막 남은 나뭇잎이 초록색 빛을 반사할 때가 되면 기숙사 방에도 하나 둘 씩 불이 켜지고, 친구와 만나 다투고 들어온 사람, 애인과 만나 얼굴이 빨갛게 상기되었다가 들어오는 사람, 술에 취해 입을 틀어막고 들어오는 사람이 보이기 시작한다.

그들은 제일 먼저 기숙사에 기어 들어오는 (기숙사 사감의 말투를 빌리자면) 족속들이다. 규범과 규칙을 준수하는 건전한 학생들. 저녁 노을이 창 앞까지 길고 부드러운 입김으로 퍼지고, 입맛을 쩝쩝거리는 기숙사의 수호신 애견 〈핀업-걸〉이 꼬리를 살랑살랑 흔들면, 소리는 점점 커지지만, 골이 아프게 시끄럽지도 않고 훈훈한 재잘거림의 선에서 적절하게 유지된다.

이 선까지는 당직자도 텔레비젼 뮤직비디오를 그냥 보고 있고, 〈신경 예민〉군도 이불을 목 위까지 끌어당기는 선에서 참아낸다. 그 한계가 넘어서면 당직자는 경고 방송을 위한 마이크를 잡을까 궁리를 하고 〈신경 예민〉군은 베개를 집어 방문을 향해 던질 준비를 한다. 대부분의 경우 이 정도에 이르면 스스로 자제하기 마련이다.

♣

〈투기꾼〉은 수전 베가에서 레오나르 코헨의 목소리로 바꾼다. 애견 〈핀업- 걸〉은 레오나르 코헨의 목소리에 밍, 밍 소리를 치며 반응한다.

아!
결국 탄로가 났다.
레오나르 코헨의 목소리와 비슷한 소리를 내는 놈은 〈개츠비〉밖에 없다. 〈개츠비〉의 주인인 기계공학과 〈베르누이의 정리〉는 머리를 긁적거렸다.
그래도 싫지 않은 눈치다.
애견 〈핀업-걸〉의 아기 강아지는 너무도 예쁠 것이기 때문에.

표현할 수 없는 존재의 제로

Die Grenzen meiner Sprache bedeuten die Grenzen meiner Welt.
나의 언어의 한계는 나의 세계의 한계다.

비트겐슈타인(L. Wittgenstein)

컴퓨터공학과 2학년 〈백신없는 바이러스〉는 특이한 사람이다. 그는 저녁 7시에 잠자리에 들고, 새벽 2시에 일어나는 습관을 가졌다.

"아마도 엄마의 스케줄에 맞춰서 그런가봐"
그의 엄마는 간호사였고, 이혼했고, 야근을 주로 했다.

기숙사의 저녁이 찾아온다.
술에 취한 친구들이 잔디밭에서 술과 안주를 모두 토해버리기 한 시간 전에 〈백신없는 바이러스〉는 레오나르 코헨(Leonard Cohen)에서 마일스 데이비스(Miles Davis)로 초점(개인적으로 나도, 이 단어를 아주 좋아한다. 마일스 데이비스의 "초점"이란 곡도 좋아한다)을 맞추고 일찍 잠이 든다.
이때쯤이면 당직 근무자의 왼손은 마이크를 꽉 쥐고, 오른 손은 주먹을 쥔 채 연신 탁자를 쾅쾅 치고 〈신경 예민〉군은 이불을 둘둘 말고서는 각국 나라의 언어로-주로 네 글자로 된 영어로 된 욕을 퍼부어대는 시기다. 마일스 데이비스의 음악이 점점 초점이 흐려지고 온 몸이 나른해지면 〈백신없는 바이러스〉는 소란한 것도 잊고 잠에 빠져든다.

〈백신없는 바이러스〉는 한 번도 이 소란을 구경한 적이 없다. 그의 초저녁잠 습관 때문에 이 애처롭고도, 흥미진진한 광경을 놓치곤 했기 때문이다.

꼭 한 번 이런 광경을 보기위해 진하게 탄 커피 한 대접을 스트로우를 통해 마셔보고 담배 네 개비를 동시에 피워도 보았지만, 잠만 들지 않았을 뿐 각오는 벌써 모래인간(Sandman)에게 얻어터진 후였고, 새벽에 깨었을 때는 오히려 전날 오후 기억마저 깨끗이 지워져 버렸다는 후회가 남았다. 저런, 그는 다시 패잔병이 되고 말았다.

헤겔은 '사람에게 일어나는 가장 슬픈 일은 마음속에 의지하고 있는 세계를 잃어버리는 일이다'라고 말했다.
아이는 엄마가 병원에서 일하는 동안에 홀로 누워 천정을 보았을 것이다. 그리고 밤사이 잃어버릴 세계를 생각했을 것이다.

〈백신없는 바이러스〉는 꿈을 꾸지 않은 사람들 중에 하나인데, 제발 오늘은 흉악한 꿈이라도 좋으니 한 번이라도 꿈꾸기를 바라면서, 두 손은 양 허벅지 사이에 심볼을 주물럭거리면서 아무런 걱정 없이 육체의 깨끗한 자기 정화를 위해 죽은 듯이 잠에 곯아떨어진다.

♣

새벽에 별은 이상하리만치 선명하고, 맑으며 포근하면서 무게가 있어 보인다. 〈백신없는 바이러스〉는 늦게까지 책을 보거나 편지를 쓰거나 음악을 듣거나 할 수 없다. 다른 식의 버릇을 길렀다면 〈언급할 수 없는 밤의 신비로움〉에 관해서 조금 젠체하는 태도로 말할 수도 있었으리라.

저녁부터 자정까지 그의 존재는 언제나 제로였다.
물리적인 의미에서는 분명 제로가 아니었다는 걸 알고 있다. 그 시간 안에서 어떤 사람보다 행복했고, 깨어있지 못함에 대해서 우울했지만, 그 시간이 없었더라면 삶의 침식과 뒤틀림에 대해서 생각하지 않았을 것이다.

표현할 수 있는 언어는 세계의 밖에 있다.

〈백신없는 바이러스〉은 잠이 든다. 엄마 없는 어둠이 싫었기에, 그는 꿈의 세계로 일찍 들어가고자 했다.

Memento Mori

Unreal city.
Under the brown fog of a winter dawn,
A crowd flowed over London Bridge, so
many,
I had not thought death had undone so many.

진짜가 아닌 도시.
겨울 새벽의 갈색 안개가 낀
런던 브릿지 위로 한 떼의 군중들이 흘러간다.
나는 생각조차 못했다. 죽음이 그렇게 많은 사람들을 망쳐버렸다는 걸.

T.S 엘리어트(T.S Eliot) 〈황무지(The Waste Land)〉

잠든 사이에 기숙사 뒷편 언덕에서 자살한 사람들이 있었다. 대체로 영리하고 우수했으며 말 수가 적고 (아니면 지나치게 말이 많던가) 인기가 좋은 사람이었으며 -앞에 열거한 특징들이 어느 정도 막연하다면- 결코 자살 같은 건 꿈도 꾸지 못할 사람들이라는 점이었다.

거기에 놀라운 공통점이 있다.

누구도 예측하지 못했던 죽음, 그게 그들의 사인을 풀만한 유일한 단서였다.

철학과 대학원생인 〈음탕한 파스칼〉은 기숙사 사감과 함께 (기숙사 사감은 독실한 기독교 신자로서 새벽 기도회에 빠진 적이 없었다) 제일 먼저 일어난다. 경영학과 최 군과 미술사학과 박 양은 모두 사감과 〈음탕한 파스칼〉에 의해서 발견되었다. 모두 그 때의 놀라움이란 말로 표현할 수 없었다. 둘은 공동의 목격자가 되어 서로 아쉽고 애통한 눈빛을 나누었다.

〈음탕한 파스칼〉은 쓴다.

'새벽 별은 죽은 자 머리 위에서 찬란하고 맑은 빛을 뿌린다. 모든 죽음은 타살이다. 자기 자신은 스스로를 죽일 수 없다. 자신이 아닌 누군가가 자신을 대신해서 죽음을 부른다. 이제, 자연으로 돌아가라. 한 번 밖에 없는 삶은, 공공의 것도 개인의 것도 아닌 〈자연〉의 것이다.'

형광등에서 나는 윙윙거리는 소음과 시계 (유난히 밤에만 크게 들리는 이유는 뭘까?) 소리를 제외하고는 글자 그대로 죽은 듯이 조용하다. 이런 시간에는 정말 자신 외에는 아무 것도 없다는 느낌을 받는다.
새벽이 되면 제로가 갑자기 정확하고 세밀한 하나가 된다.
다시 태어난다.

♣

마르셀 에메(Marcel Aymé)의 소설에서 동시에 여러 공간에 존재하는 〈유비쿼터스(Ubiquitous!)〉 인물이 나온다.
낮에 우리는 수 천, 수 만개로 분열되고 자신을 통제할 수 없게 된다. 하지만 제로의 상태에서 하나로 뭉치고, 분열되었던 언어가 다른 사람, 다른 사물이 아닌 바로 자신의 모습으로 인해 발설되어지고, 억제되어진다.

그 순간에는 억제할 필요조차 없다는 걸 스스로가 깨닫는다. 주변 사물들은 완벽한 타인이 되고, 어느 것에도 영향 받지 않는 존재로 태어난다.

이전에는 존재조차 꿈꾸지 못했던 시절이 있었다.
창문을 열고, 밤사이에 내린 서리가 창틀에 담벽에 붙어 있는 걸 본다.
밤사이에 하늘의 모든 은총이 내린다.

"평안을 구하기 위해 세상을 등진 사람들 고이 잠드소서"
Memento Mori!
(죽음을 기억하라! 자신이 죽는다는 것을 기억하라!)

〈음탕한 파스칼〉은 기도한다.

눈동자에 비친 외로운 존재의 그림자

"그는 자살하려고 하고 있어요" 그녀는 말했다.
"죽어가고 있지 않은 사람이 누가 있겠습니까?" 그가 말했다.

토마스 핀천(Thomas Pynchon) 〈제 49호 품목의 경매(The Crying of Lot. 49)〉

새벽은 하루 시간 중 가장 짧다.
새벽은 기다리지 않은 사람에게는 아예 존재하지 않는다.

난 일어나면 먼저 음악을 틀어 놓는다. 마일스 데이비스에서 제니스 조플린(Janis Lyn Joplin)이나 빌리 할리데이(Billie Holiday)에 초점을 맞춘다. 다음으로 깨끗이 샤워를 하고(아무리 추워도 언제나 찬물로 몸을 씻는다, 단, 면도를 할 때는 철저하게 뜨거운 물로 한다.) 차를 끓이고 빵을 구워 간단히 아침식사를 한다. 일종의 아침 의식(Ritual)이다.

아침을 먹으면서 새벽에서 동이 완전히 터 오를 때까지 제로에서 하나, 하나에서 분열된 수천, 수만이 되기까지의 과정을 비교적 꼼꼼하게 생각한다. 아마 낮 동안 잃어버릴 자신에 대해서 마음의 준비를 하도록 일러두는 지도 모른다. 나는 낮에는 카프카의 바퀴벌레같은 인간으로 변하고, 자신을 철저하게 잊고 살아가야 한다.

기숙사 뒤편 낮은 나무로부터 본격적인 아침은 시작된다.
기숙사 사감은 새벽 기도회에서 돌아오고, 당직자는 마이크를 움켜잡는다. 〈신경 예민〉군은 기억 상실증 환자처럼 소란도 잊은 채 이빨을 닦기 시작하고 외국인 학생은 귀에 이어폰을 걸고 조깅을 한다.

아침이슬은 꽃잎에서 서서히 떨어진다. 아침이 언덕 밑에서 웅크리고 있다가 기숙사를 급습한다. 달그락 달그락, 사람들은 기어코 일어난다. 그리고 바로 당한다.

♣

'세상은 왜 존재하지 않고, 존재하는가?'
하이데거는 그의 책에 수수께끼 같은 첫 문장을 썼다.
여기서 〈존재〉는 〈공간〉 속에 자리한다. 그 공간은 한동안 이곳, 대학 기숙사였다.

"그럼 왜 나는 존재하지 않고, 존재하는가?"
지금도 난 스스로에게 묻는다. 그리고 매일 아침 거울 앞에서 내 눈동자에 비친 외로운 존재의 그림자를 발견한다.

세계는 잠재적 가능성 안에 있다.

덴마크에서 만난 이 요정같은 아이에게서 세계를 본다.

신비로운 세상의 함수(function) 안에 우리가 있다.

스피노자의 말은 옳았다.

'우리는 사물이 선하기 때문에 바라는 것이 아니라 우리가 그것을 바라기 때문에 선이라고 부르는 것이다'

CHAPTER 02

양치기의 오두막

칸트의 공간과 시간 개념에 대해서 찰스 P. 스타인메츠(Charles P. Steinmetz)는 말했다.

'곧 절대 공간이나 절대 시간은 존재하지 않으며 시간과 공간은 사물 또는 사건으로 채워지는 경우에만 존재한다. 다시 말하면 시간과 공간은 지각의 형식이다.'

오두막을 위한 전주곡

기억이 퍼덕이는 날개 밑에서부터 푸른 하늘을 향해 치솟는다.
소년은 사랑에 지쳐 잠들 때마다
칸트 앞에서 기도한다.

'Der bestirnte Himmel über mir und das moralische Gesetz in mir'
(밤하늘에 빛나는 별과 내 마음의 도덕률)

임마누엘 칸트 (Immanuel Kant)

생각이 실존을 보증한다.
마르셀 프루스트(Marcel Proust)는 〈지각〉을 〈기억〉으로 치환한다. 그것은 그의 고유한 존재방식이기도 했다.
나는 기억을 공간 속에 위치시킨다.
기억의 한 모서리에 양치기의 오두막이 존재했다.

♣

오래된 건축물 옥상 위 초라한 오두막이 있었다.
하늘 아래 이방인들, 사마리아인들의 쉼터로서 비둘기들과 참새들, 그리고 무수한 별들이 모이는 곳.

잠들 때마다 하늘을 수놓는 별들이 떠다녔다.
나란 무엇인가?
'하나의 생각하는 것(une chose qui pense)'
데카르트(René Descartes)는 말했다.

♣

돈에는 죽음의 냄새가 난다.

'보증이란, 지옥으로 통하는 통행증이야.'
부도는 재앙처럼 가족들의 머리 위로 떨어졌다.
재정 건전화 시스템은 다른 시스템처럼 필요할 때는 작동하지 않는다. 그건 국가나 개인이나 동일하다.

가족들에게, 친구들에게, 지인들에게 고통, 불안, 불행과 혼란을 가져다주는 인간들은 언제나 같은 말을 한다.

"어쩔 수 없었어"

저런, 그들은 결코 없어지거나 사라지지도 않는다.
아프지도 않고, 사고를 당하지도 않으며, 멀리 이국으로 떠나지 않는다. 단지, 도망을 다니거나 숨어있을 뿐이지.

같은 모델, 전형, 캐릭터들이 자기 복제를 한다.
속기 쉬운 비둘기같은 인간들에게 같은 짓을 저지른다.

사기꾼들, 도박꾼들, 소매치기들, 그리고 무법자들이 비둘기들을 속이고, 언제나 인질처럼 끌고 다닌다. 사랑의 인질, 관계의 인질, 동정의 인질로 삼는다. 물론, 스스로 죄인 취급하는 비둘기들도 어디에나 있다. 수갑을 벗어놓기 어려운 비둘기들은 삶을 자책한다. 자백과 자기반성이 습관화된 비둘기들.

'타인은 지옥이다(l'enfer c'est les autres)'라고 사르트르(Jean-Paul Sartre)는 말했던가!
인간은 인간에게 또 다른 사슬이다.
도저한 삶의 사슬과 관계의 연좌제다.

껍데기만 남은 자들이 산으로 떠난다.
산은 망한 자들을 보듬어 준다.
부름을 받은 것도 아닌데, 그들은 그들대로 거기에 모인다.
산은 상심한 자들에게 불안한 보험과도 같다.
그리고 그들은 그곳에서 정신적인 '갱생'을 꿈꾸고 있다.

이제, 경제적인 베이스는 완전히 제로가 되었다.
아무 것도 없이 시작해야하는 마음처럼 홀가분한 것이 있을까.
불안조차 완전히 소거되었다.
'벌거벗은 자에게 빼앗김의 불안은 없다'
막다른 골목에서 새로운 의지가 꿈틀거린다.
세상과 맞서고 싶은 투쟁심, 독립성, 혼돈에 저항해 질서를 부여하고, 시련을 극복하고 싶은 욕망, 그거면 족하다. 고민은 사치이고, 교묘한 상처내기이다.

이미 방아쇠는 당겨졌다. 나는 세상이라는 표적에 총알처럼 날아가 박히면 된다.

벌거숭이에게 어떤 삶의 규율이나 철학이 존재하가?
바닥까지 떨어져도 다시 일어나면 되고, 언제든 스스로 앞가림은 해야 한다는 불문율 외에 어떠한 철학이 필요한가!

등록금, 생활비, 일자리, 잠과 식사와 같은 생존 요건이 우선순위가 된다. 수첩을 꺼내 하나씩 적기 시작했다. 수첩은 가장 현실적이고, 필요한 사안들을 받아들인다. 단지, 몇 단어가 적혀있을 뿐인데, 스스로를 규율하는 매우 객관적인 필요와 의무가 생긴다. 주체는 명령과 의무가 적혀진 수첩이다.

선한 사마리아인들은 언제나 존재한다.
길에 쓰러진 양치기를 일으켜 세워줄 구원자들이 이렇게 많았단 말인가. 오두막은 갈 곳 없는 양치기 이방인을 받아들인다. 단지 선택의 여지가 없었을 뿐, 호의는 일종의 빚이 아니던가.

오두막에는 작은 침대와 텔레비전, 오디오, 전화와 좌식 책상, 그리고 냉장고와 깨끗한 욕실, 그리고 2벌식 타자기, 몇 천 장에 가까운 레코드와 벽을 가득 메운 책들로 꾸며져 있었다. 철학자, 작가의 멋진 작업실과 견주어도 손색이 없었다.

오, 이런!

침대에 누우면 파란 하늘이 한 눈에 들어왔다.
신은 내게 오두막과 하늘을 선물로 주셨다.
나는 가슴에 간직하던 시인들을 오두막에 초대했다.

황지우, 기형도, 이성복, 장정일, 정현종, 오규원, 김광규, 김혜순, 최승자, 이문재, 황학주, 정호승, 황인숙, 유하, 참 수상쩍은 시인들, 도대체 돈으로 환산할 수 없는 시인들. (과연 그들은 지금 어디에 있단 말인가!)

♣

이를 닦는다.
지난 밤을 닦아낸다.
경황없이 경험한 꿈들을
하얗게 씻어낸다.
모든 밤의 장식들을 씻어낸다.

밥상 앞에서도
허황하지 않기 위해
몇 번이고 되풀이되는 동작으로
숟가락에 담는 현실.

출근, 출동 혹은 충돌!
하루의 모든 충돌이
빛이 되기를 기대한다.

상처가 만져지기 시작하는
우리들 나이의 이마.
피 흘리지 않고 모든 충돌이
불이 되어주기를 기대한다.

- 마종기 〈아침 출근〉-

아침은 어김없이 다시 시작되었다.
어제 밤 훙청거림의 흔적이 남았지만, 아침은 언제나 고요하고 따뜻했다. 또렷한 정신과 벅찬 감홍의 아침이 찾아온다. 마치 지난밤 치열한 전투를 끝내고 참호 속에서 아침을 맞이하는 신병처럼.

'바람이 분다, 살아야 한다.'
발레리(Paul Valéry)는 말했다.

햇빛이 다가오면, 다시 살아야 한다.
햇빛이 쏟아진다.
태양의 강렬한 울림에 귀가 먼다.
화창한 날엔 마당에 장의자를 놓고, 따뜻한 햇빛을 받으면서 〈히페리온(Hyperion)〉을 읽었다.
한 낮이면 양철 대야가 햇빛에 번쩍거리고, 참새들이 날아와 배수구 앞에 쌀알들을 주워 먹었다.
〈아라반다, 디오티마, 벨라르민〉
휠덜린과 히페리온.
궁핍한 시대의 시인이여.

고요와 평안의 향기가 오두막을 감싸주고 있었다.
마당을 가득 채운 햇빛과 바람이 실어온 향기에 취해 나는 한참 동안 장의자에 누워 있었다.
눈을 감으면 눈썹 안으로 빛의 스펙트럼이 쏟아져 들어왔다.

♣

자본 선고 (Sentence of Capital)!
돈이란, 얼마나 달콤한 유혹인가.

두 개의 저울을 배치한다.
저울의 접시 한 손에는 예술, 다른 한 손에는 자본이 놓여 있다. 복식부기, 대변과 차변, 자본 배분, 그리고 ROI(Return on Investment), CAPM(Capita Asset Pricing Model), 효율적 시장 가설(Efficient Market Hypothesis), 자본주의 공식들로 머리를 채워나갔다. 복식부기를 이해하는 문학도는 어떤 괴물의 형상을 닮아간다.

'복식부기야말로 인간이 만든 최고의 발명품이라는 사실!'
소설가 복거일은 말했다.

자본주의의 비명을 찾는다.
자본(Capital)의 영어 단어는 힘의 원천(Source of Power)이란 뜻이 있고, 불어에는 목숨이 걸린, 사형을 받을 만한, 이라는 뜻이 있다.

불어로 sentence capitale는 '사형선고'를 의미한다.

♣

일하는 자에게 하루의 삶은 압축파일과도 같다.
'노동은 옛날부터 신뢰되어 온 금욕적 수단이다'
막스 베버는 그의 저서 〈프로테스탄티즘의 윤리와 자본주의 정신〉에서 말하고 있다.

일하는 한, 굶어죽지 않으리라.
절대로 낙담하지 마라. 현재를 즐겨라.(Carpe diem!)
살아 있는 한 스스로를 행복하게 만들어라.

비록 상황이 좋지 않았지만, 자꾸 반복 했던, 자기 최면이었다.

'어쨌든 살아가면 되지 않겠나!'

마당에서 맥주를 마시면 하늘 위에서 흘러가는 양털 구름이 보였다. 지붕위로 펼쳐지는 새하얀 빛의 율동, 책갈피 속에 담긴 글귀에서 느껴지는 따뜻한 행복감, 옛 작가들과 함께하는 침묵의 대화, 책에서는 즐거운 글자가 움직이고, 글자는 흰 눈처럼 머리 위로 쌓였다.

누군가, 너 돈 없어?
물어도 괜찮을 시대가 있었다.

가난하다는 것은 성장으로부터 소외된다는 것을 의미했지만, 여유가 잔존했다. 가난이라는 것이 마땅히 거쳐야 할 통과의례 같은 것이기도 했다. 옛날에는 누구나 가난 했었다, 라고 시작하는 낭만적인 뉘앙스가 존재했다. 그 시절엔 지속 성장에 대한 낙관주의가 팽배했다. 어쩌면 그것은 은폐된 불안을 감추기 위한 자기위장 같은 것이기도 했다. 불과 몇 년 후에 폭풍이 몰아쳤다. 폭풍이 지나가자 벌거벗은 몸의 상처들이 드러났다.

♣

이제 남아있는 것은 이미 지나버린 것, 산발적인 기억, 흔적들, 사라짐에 대한 고백들이다.

"옛날 거기 살던 때를 기억해?"

"아, 양치기의 오두막?"

누군가의 노예가 된 자들이 묻는다.

(우리는 기꺼이 누군가의 노예가 되기를 원한다.)

"양치기의 오두막이라니?"

"아, 알퐁스 도데(Alphonse Daudet)의 〈별(Les Etoiles)〉 있잖아. 친구들은 거기를 그렇게 불렀지. 넌 순수한 양치기 소년이었어. 보통 그 나이 또래 남자들은, 그런 방이 생기면 매음굴이나 마찬가지가 되거든."

"어쨌든, 맞아. 양치기의 오두막이라. 그럴듯 하긴 해, 스테파네트가 없던 것 빼곤 말이야."

스테파네트라, 저런.

"학교와 가까웠고, 술집 거리에 있는 게 마음에 들었지"
그래, 나가면 어디에나 술집과 옷가게가 있었지.
"하나 더, 여대 앞이라 사슴처럼 귀여운 여자들도 많았어."
"맞다. 왠지 따뜻한 느낌이 드는 걸. 생각만 해도 말이야"

그런데, 정말 양치기는 사슴들과 잘 어울렸던가.
또, 어떤 것을 기억해야 할까?
기억의 물결이 소리없이 목까지 차오른다.

〈ㅁ〉자 모양의 기와집

양치기의 오두막이 있는 꼭대기 층에서는 돈암동 동네 전체가 내려다 보였다. 멀리 삼각산, 성신여대 캠퍼스, 돈암 시장, 만(卍)자 기호가 적힌 점집들, 그리고 거미줄처럼 얽힌 골목길이 자리 잡고 있었다. 오두막 바로 앞에 〈ㅁ〉자 모양의 기와집, 술집 아가씨들이 모여 사는 곳이 있었다.

♣

'네 창백한 어둠의 변함없는 모습보다도 더 즐거운 것은 없구나' 보들레르는 〈악의 꽃〉에서 노래한다.

그녀들은 〈ㅁ〉자 모양으로 생긴 기와집에 살았다. 마당 빨랫줄에는 그녀들의 옷가지들이 마치 분신처럼 걸려 있었다. 형형색색의 옷들, 허물과 같은 속옷들, 화려한 꽃무늬 담요, 별무늬의 홑이불들이 '꼴라쥬'처럼 마당을 수놓았다.

밤사이에 감싸고 있던 허물을 벗고, 그녀들은 아침 내내 잠을 잤다. 해가 중천에 뜨면, '이모'라 불리는 늙은 여인이 온갖 욕설을 하며 일어나라고 소리를 질렀다. 그 때서야 한명 두 명씩 일어나 허연 허벅지를 드러내고 늦은 아침을 먹곤 했다. 평상 마루에 앉아 십 여 명의 여자들이 머리를 맞대고서.

가끔 그녀들 중에 하나와 눈이 마주쳤지만, 그녀들은 오두막 소년에게 전혀 신경도 쓰지 않았다. 그녀들은 마치 거북이처럼 방안에서 나오는 법이 없었다. 마치 흔적만이 있는 우렁 각시처럼, 삶을 드러내지 않았다.

저녁이 되면, 그녀들은 술집에 나가기 위해 화장을 고쳤다. (나는 왜 한 명의 얼굴도 정확히 기억해내지 못할까?)
나는 그녀들의 변신을 보면서 이성복의 시를 기억해냈다.

이성복 〈정든 유곽에서〉

1.
누이가 듣는 음악(音樂) 속으로 늦게 들어오는 남자(男子)가 보였다 나는 그게 싫었다 내 음악(音樂)은 죽음 이상으로 침침해서 발이 빠져나가지 못하도록 잡초(雜草) 돋아나는데, 그 남자(男子)는 누구일까 누이의 연애(戀愛)는 아름다워도 될까 의심하는 가운데 잠이 들었다

모란(牧丹)이 시드는 가운데 지하(地下)의 잠, 한반도(韓半島)가 소심한 물살에 시달리다가 흘러들었다 벌목(伐木)당한 여자(女子)의 반복되는 임종(臨終), 병(病)을 돌보던 청춘(青春)이 그때마다 나를 흔들어 깨워도 가난한 몸은 고결하였고 그래서 죽은 체했다 잠자는 동안 내 조국(祖國)의 신체를 지키는 자(者)는 누구인가 일본(日本)인가, 일식(日蝕)인가 나의 헤픈 입에서 욕이 나왔다 누이의 연애(戀愛)는 아름다워도 될까 파리가 잉잉거리는

하숙집의 아침에

2.

엘리, 엘리 죽지 말고 내 목마른 나신(裸身)에 못박혀요 얼마든지 죽을 수 있어요 몸은 하나지만 참한 죽음 하나 당신이 가꾸어 꽃을 보여주세요. 엘리, 엘리 당신이 승천(昇天)하면 나는 죽음으로 월경(越境)할 뿐 더럽힌 몸으로 죽어서도 시집가는 당신의 딸, 당신의 어머니

3.

그리고 나의 별이 무겁게 숨쉬는 소리를 들을 수 있다 혈관 마디마다 더욱 붉어지는 신음(呻吟), 어두운 살의 하늘을 날으는 방패연, 눈을 감고 쳐다보는 까마득한 별

그리고 나의 별이 파닥거리는 까닭을 말할 수 있다 봄밤의 노곤한 무르팍에 머리를 눕히고 달콤한 노래 부를 때, 전쟁(戰爭)과 굶주림이 아주 멀리 있을 때 유순한 혁명(革命)처럼 깃발 날리며 새벽까지 행진(行進)하는 나의 별

그리고 별은 나의 조국(祖國)에서만 별이라 불릴 것이다 별이라 불리기에 후세(後世)찬란할 것이다 백설탕과 식빵처럼 구미(口味)를 바꾸고도 광대뼈에 반짝이는 나의 별, 우리 한족(韓族)의 별

♣

모두 출근해 버린 그 〈ㅁ〉자 모양의 집에는 그녀들이 벗어놓은 속옷과 유난히 꽃무늬, 스트라이프 무늬가 많이 들어간 옷가지들이 마치 그녀들의 부재를 증명해주는 것처럼 마당에 죽 걸려 있었다.

새벽이 되면 그녀들은 검정색 세단에 실려 왔다. 술에 비틀거리면서 〈ㅁ〉자 모양의 집으로 사라졌다. 가끔은 어떤 사내와 골목 어귀에서 마지막까지 키스를 할 때도 있었지만, 이내 건장한 삼촌들이 와서 헤어지기 싫은 남자를 억센 어깨로 돌려보냈다. 깊은 밤 여자의 고함과 울음소리는 사이렌처럼 퍼져나갔다.

내 한글 2벌씩 마라톤 타자기는 그 광경을 기록하기 위해 바쁘게 움직인다.

♣

새벽 세시
환한 달빛이 예민한 자의 잠을 깨웁니다. 날개달린 옷을 입은 밤의 천사들이 어둠에 몸을 숨기고 허름한 집으로 돌아옵니다. 술 취한 천사들, 육체의 허점을 드러낸 채 낯선 남자와 함께 골목에 들어서면 세상은 그녀에게 손가락질했고 그녀는 강한 어깨를 따라 집으로 끌려갑니다.

어린 소녀의 얼굴에 분가루를 씌우고 누구의 누이, 누구의 딸로서 허리를 돌려주고 옷고름을 풀어주며 치마를 걷어 올리는 지요.

그녀들은, 진정한 남자들을 찾아낼 거야.
별과 나, 우리는 옥상에서 천사들의 귀가를 지켜보았죠.
골목 어귀에 토해놓은 지난 밤 짧은 연애와 눈물로 지워진 얼굴, 과거의 눈물, 누군가 어머니의 눈물.
생일을 기억해주고, 몸과 마음을 훔쳐가 버린 남자에 대해서 할 말이 많은 천사들이 귀가하는 중이었죠.

♣

'나도 이처럼 그리워마지 않는 강한 힘을 갖고, 세상에 비할 바 없는 그녀를 이 세상으로 다시 불러올 수 있다'
괴테는 〈파우스트〉에 적고 있다.

그녀들은 삶을, 그들 방식대로 증명하고 있었다.

"직면한 현실을 두 눈으로 봐, 싸구려 감상과 부질없는 레토릭(Rhetoric)에서 벗어나렴."
〈ㅁ〉자 모양의 기와집은 레토릭을 의미하지 않는다.
기억의 촉수로 더듬어 찾아낸 '실재'이다.

밤아, 너의 내밀한 연극을 보여줘

....

One dark night,

my Tudor Ford climbed the hill's skull,

I watched for love-cars. Lights turned down,

they lay together, hull to hull,

where the graveyard shelves on the town. . . .

My mind's not right.

A car radio bleats,

'Love, O careless Love . . . .' I hear

my ill-spirit sob in each blood cell,

as if my hand were at its throat . . . .

I myself am hell,

nobody's here

....

로버트 로웰(Robert Lowell)의 〈스컹트 아워(Skunk Hour)〉

밤이 깊으면 오두막 아래 거리와 골목은 스컹크들로 넘쳐난다. 어디서 그렇게 많은 사람이 쏟아져 나왔는지!
어둠을 사랑하는 야행성 동물처럼, 곱창집 작은 골목에서 정신없이 서로의 몸을 탐하는 젊은 남녀들이 서로의 입술로 입을 막고 신음을 토해낸다.
익명의 신이 부여해준 쾌락의 조급함에 경의를 표하노라.
남자의 손이 어디 있는 거냐고?
글쎄. 어떠한 대본도 없는 즉흥극이 아니던가.
그들의 사랑연기는 무대에 올려진다.

단 한 명의 관객을 위한 무대, 관객을 의식하지 않고 그들은 연기를 펼친다.

놀랍게도, 어디에서나 똑 같은 일이 반복해서 일어난다.
차안에서든, 골목 안에서든, 공원의 벤치에서든, 사랑이 소모되는 연극, 박자가 엇나가는 음악은 계속된다.

“널 만지고 싶어, 널 느끼고 싶어”
남자는 여자의 귀에 속삭이며 말했고
“여기에 있어요, 여기에 있어요.”
여자는 다급해진 목소리로 바로 앞에 있는 남자를 불렀다.
서로를 만져보지 않고는 사랑을, 서로의 존재를 확인할 수 없을 때가 된 거야.

밤은 숨을 죽이고 남녀 주인공들의 연기를 주목하고 있다.
그들은 밤의 세계에서 몽환과 어둠의 방식으로 서로의 존재를 확인하곤 했다.
서로에게 주먹을 날리면서 코피를 터치면서, 목을 비틀면서, 혹은 소녀처럼 눈물로 볼을 적시면서, 혹은 저주의 고함으로 존재를 확인하는 사람들이 즉석에서 막간극을 만들어낸다. 1층 곱창 집 네온사인 간판을 박살냄으로서 존재를 확인하는 젊은 남자들도 있었지.

"야, 이 개새끼야. 고작 계집애 한 명 때문에 친구를 때려?"
이제 새로운 무대의 주인공들이 등장한다.
사랑이 잠잠해지면, 밤은 싸움을 무대에 올리곤 했다.
긴 머리를 질끈 동여맨 젊은 남자가 사람들 속에 뒤엉켜 있다.
주먹과 발길질이 오가고, 사람들은 말릴 생각도 하지 않고 그들을 쳐다보고 있다.
누군가 경찰에게 연락할 때까지, 구경꾼들은 돈을 걸어 내기도 하고 왕년의 주먹얘기를 했다.
"너 죽고 싶어. 임마?"
검은 가죽잠바가 선빵을 날린다.
여자 때문에 친구를 배신한다?
중세 시대였으면 기사로서 당연한 것이었겠지, 뭐.
'숙녀를 위해서 라면……'
양해와 용서가 되겠지.

가여운 곱창 집 간판은 새로 바꾼 지 이틀 만에 박살난다.
골목의 등마다 불이 켜지고 잠을 설친 주민들의 하품과 함께 싸이렌을 몰고 오는 경찰차가 달려온다.
두 남자는 불길한 조짐을 눈치챈다.
그들이 사람들의 눈초리를 피해 서둘러 화해를 하고, 다시 얼싸안은 순간 거품으로 이루어진 하루는 다시 이어진다.

한 쪽 구석 비디오방에서 나오는 남녀의 빨갛게 달아오른 얼굴이 네온사인만큼이나 더 빛나고, 옆집 똘똘이는 한 밤에 노래 연습에 한창이다.
생전 들어보지도 못한 똘똘이의 자작곡이 밤의 혼돈 속에서 성가처럼 들렸다.

밤이 더 깊어지면, 곳곳에서 서글픈 악담이 불꽃처럼 날아오른다.
"야, 이 놈들아 , 다 나와. 다 덤벼"
"에잇, 엿 먹어, 인간들아"
누구도 방해할 수 없는 외침이 허공에 쏘아 올려졌다.

겨울에는 해가 짧아지고, 거리도 조용해진다.
늦게까지 야근을 한 어느 집 가장, 좌판에 놓인 물건을 정리하는 좌판 상인들도 귀가를 서두른다. 환경 미화원들은 모닥불 앞에서 세상사는 이야기를 들으면서 소주를 마시곤 했었다. 피워 놓은 모닥불 앞에서는 세상사는 이야기들이 돌곤 했고, 언제나 차가운 소주 한 잔이 곁들여졌다.
특히, 겨울이면 거리에서 얼어 죽은 사람들에 관한 이야기가 많아지곤 했다. 마치 눈이 그러한 말을 더 많이 이끌어 낸 것처럼.

"저런 작년보다 올해는 눈이 많이 오겠네. 〈정의〉도 춥지 않았으면"

작년에 환경미화원 〈정의〉씨가 음주차량에 치어 죽었다.
여자를 헌팅하러 온 스물 두 살의 남자가 몰았던 검은 색 머스탱(Mustang).

이 거리에 자가용이 부쩍 늘었다. 그들은 가끔 어린 소녀들을 차에 태워 어디로인가 사라지곤 했다. 그러한 풍경이 함께 이 거리에 공존했다. 마치 모든 있어야할 세상의 한 장면처럼, 눈 내리는 밤에 모닥불이 하늘로 연기를 피어 올렸다. 밤은 깊을수록 따뜻해지지만 그건 모닥불에 나무를 더 많이 집어넣어서 만은 아니었다.

♣

이 거리의 퀸, 영원한 사모님, 오뎅과 계란과 만두를 넣은 떡볶이를 파는 장난희 여사는 돈암동 거리의 명물이었다. 장여사는 나이 마흔 둘에 손이 곱고, 아름다운 미소와 날씬한 허리를 가진 미인으로 매일 밤 이 거리에 리어카를 끌고 나왔다.
그러나 장여사의 미소가 사라질 때도 있었다. 아들〈요셉〉이 골목 입구에부터 모자를 눌러쓰고 나타나면, 장여사의 얼굴색은 회색으로 변하고, 얼굴의 미소는 쓴 웃음으로 변했다. 장여사의 외아들〈요셉〉이 늘 얼굴을 가리는 모자를 쓰고 리어카를 걷을 때면, 여전히 손님처럼 비닐에 쌓인 그릇만 사용하기를 고집할 때면, 또 이렇게 눈이 많이 내리는 길에 다정한 가족이 걸어갈 때면, 그녀의 한숨은 이 거리를 어둡게 만들곤 했다. 세상의 한숨이 모두 그녀의 한 숨과 함께 희미하게 흩어지는 것 같았다.

원래 〈요셉〉이는 수학 신동이었다. 선생님들은 아이의 비상한 기억력과 수리, 공간적 지능에 주목했다. 이 거리의 누구나 〈요셉〉이 가진 천재적인 수학적 재능을 알고 있었다. 하지만 소년의 앞에 닥쳐진 삶의 공리들을 정당하게 증명하기에는 생활이 너무 팍팍했고, 주위는 너무 위험했다.

그에게 아버지의 존재는 〈신〉의 존재와 동일했으므로, 아버지에게 버림을 받았다는 사실은 소년에게 커다란 상처가 되었다. 그는 〈버림받은 자〉라는 생각을 떨치지 못했다. 가까운 유혹, 부드러운 폭력, 또래 무리들의 따뜻함에 이끌려 그는 일진 서클에 들어갔다. 아들은 엄마 몰래 뒷주머니에 잭나이프를 숨기고 다녔다.

눈이 많이 오는 어느 날 경찰차 싸이렌이 요란하게 울렸다. 아들은, 장여사의 탐스러운 엉덩이를 움켜쥐는 술취한 대머리의 옆구리를 잭나이프로 찔렀다. 붉은 핏방울이 투두툭, 눈 위로 떨어졌다. 대머리 남자가 흘린 피는 케이크위의 붉은 체리처럼 얼어붙었다.
〈요셉〉이는 장여사의 놀라는 시선을 보고, 무릎을 꿇고 흐느껴 울었다.

엄청난 폭설이 내렸던 어느 날 대대적인 노점상 단속이 시작되자, 장여사는 돈암동 거리를 떠났다. 노점상들은 머리에 흰 띠를 두르고 농성을 시작했지만, 장여사는 다시는 이 거리로 돌아오지 않았다.

즐거운 이웃 사촌, 똘똘이네

이미지가 우리를 병든 족속으로 만든다.
보는 것이 우리를 배신한다.
이미지는 사색을 좀먹는다.

♣

옆집 똘똘이네 집은 매일 시끄럽다.
스무 네 살이나 먹었지만, 착하기만 한 똘똘이(본명 이 석기) 군 때문에 그렇다. 똘똘이는 노래를 사랑하는 힘세고, 말 잘 안듣고, 장난이 심하지만, 효성이 지극한, 지능이 약간 모자란 청년이었다.

말 그대로 음정, 박자, 멜로디가 전부 맞지 않으면서도 소리는 꽥꽥 질렀다. 그런데, 왜 그렇게 아는 노래는 또 많은지.
소양강 처녀, 울고 넘는 박달재, 신라의 달밤, 아파트, 돌아와요 부산항에까지……

밤부터 함박눈이 내렸다.
마치 눈이 하늘로 치솟는 것처럼.
창문엔 성에가 번식을 시작하면서 아름다운 추상화를 그려놓았다. 나는 그 무늬를 손으로 조금씩 지우면서 잠든 영혼을 기억

했다.

몽유병자처럼 떠도는 별들, 아주 가까이에서 술에 취해 세상을 저주하는 사나이가 쓰레기통에 머리를 박고 구역질을 하는 소리가 들렸다.

'혼돈의 구토, 당신 자신을 조절하라.'

똘똘이는 노래를 멈추고, 무엇이 재밌는 지 신나게 웃고, 똘똘이 어머니의-손해만 보는 정 많은 여자인데-깔깔거리는 웃음소리가 온 동네를 울렸다.

♣

휴일날 아침, 똘똘이네 가족들은 모두 나들이를 갔다. 아침부터 부침개랑 전이랑 김밥이랑 싸가지고 모두 우이동 계곡으로 나들이를 떠났다. 똘똘이는 신나게 조용필의 '여행을 떠나요'를 불렀다.

마당에는 바람에 흔들리는 빨래만이 남아 있었고, 태양은 보이지 않게 물기를 빨아들였다. 동그란 양철 대야 속의 물이 찰랑거렸다. 물위로 반사된 태양이 사방으로 무지개의 꽃을 흩뿌렸고, 참새 가족은 똘똘이네 마당으로 나들이를 왔다.

깊고 맛있는 잠에서 깬 아침, 기지개를 펴고 숨어있던 사람들이 일제히 쏟아져 나오면서 거리는 이제 수많은 사람들의 발걸음으로 가득 차고 있었다.

거리는 용솟음치는 생명의 기운이 넘쳐 흘렀다.
똘똘이네 가족들은 지금쯤 너무도 즐거워 하겠지?.
하늘은 유리로 만든 듯 맑고, 골목에서 노는 아이들은 휘파람을 불었다.

텅 빈 똘똘이네 집 앞 마당에는, 때마침 참새 가족들이 나들이를 나왔다.

처음 보는 여자에게 돈 빌려주기

이 거리를 걷다 보면, 살쾡이 같은 여인이 그리워질 때가 있었다. 낮에는 어딘가에 숨어 있다가 밤이 되면 홀로 이 거리를 배회하는 여인, 몸을 마구 긁어대면서 상처를 줄 여인, 호랑이처럼 사납지만, 가슴으로 꼭 안아줄 여인.

친구들 말대로 스테파네트를 끌어 들일까?
거리 안에 떠다니는 안개와 같은 쾌락을 긁어올까?
스스로에게 명령한다.
가끔은 살쾡이 같은 여인이면 족하다.

'거리로 나가자, 욕망을 해결하자'

양치기는 타락한 은자의 모습으로 변한다. 여자를 이 오두막으로 끌어들이는 건 어렵지 않은 일이었다. 혼란스럽지만, 멀리 가고 싶은 밤이 있다.
쾌락보다 외로움 때문에 유혹을 놓치기 싫은 밤이 있다.

'사랑은 가장 고독한 자의 위험이다'
니체는 썼다.

♣

밤 2시
침대 위에 누워있는 여자를 보았다.
얼굴이 없는 여자가 술에 만취한 채 사전 예고도 없이 다가와서는 밤을 지냈다.
이성은 잠시 돌아서 눈을 감아 주었다.

"밖에 비가 오니?"
밖에는 비가 내렸다. 그리고 비가 낡은 지붕에 부딪히면서 실로폰 소리를 냈다.

여자는 침대 한 복판에서 천정을 보고 누운 채로 말했다.
입에는 담배가 물려있고, 머리는 해파리처럼 늘어져 있었다. 유방은 늘어진 채로 양쪽으로 쳐져 있고, 난 그저 멍하니 창밖으로 내리는 겨울비를 보고 있었다. 그것이 무언가 잘못되었다고 생각을 해보았지만 어쩔 수 없다고 느꼈다.
한참동안 엉클어진 머리속을 정리할 수 없었다.
겨울비는 창가에 자신의 편린을 떨어뜨리면서 소리 없이 내렸다. 흐릿한 비의 냄새가 났고 그게 비의 냄새인지 아니면 그녀의 냄새인지 분별할 수가 없었다.

"커피 마시겠어요?" 나는 물었다
"아니 , 그냥 물 한잔 먹었으면 좋겠는데…."

난 그녀에게 물을 따라주었고 커피를 끓이기 시작했다.
금방 커피향기가 온 방안에 가득 퍼졌다.

"커피향기만 맡으면 그걸로 족한다고 말한 남자가 있었지. 지금은 어디에서도 그 향기를 맡을 수 없을 거야"
"그 남자 얘기를 해주겠어요?" 나는 용기를 내어 물었다.
"아니. 말하고 싶지 않아. 다만 그런 일이 내 머리 속에서 사라지지 않는다는 사실이 신기해" 그녀는 말했다.

나는 그녀에게 이름을 물어보았지만, 그녀는 그런 건 묻는 게 아니라고 했다. 세상사는 모든 일이 자신과 상관있는 것은 아니며, 대부분의 일들은 지난 다음에는 그다지 신경쓰지 않아도 된다고 말했다.

"시간이 지나가면, 대부분은 상관없는 일이 되곤 하지"
"지금은 시간이 멈춰 있는 것 같네요" 나는 우두커니 겨울비를 보며 말했다.

여자는 웃었고, 갈 곳이 없다고 말했다.

순간 사춘기 때 읽었던 한 여성작가의 소설 한 장면을 기억했다. 죽기로 각오하고 강가에서 떠돌던 사나이가 우연히 한 여자를 만난다. 둘은 같이 밤을 보낸다. 아침이 되자 사나이는 잠자리를 같이 한 여자가 임신 중인 사실을 알게 된다. 그리고 사나이는 살며시 그녀의 배에 귀를 대본다. 사나이는 왜 그런 행동을 했을까?
나는 분명 그 장면을 이해하지 못하고 있었고, 아마도 영원히 이해하지 못할 것이다.

♣

여자는 욕실에서 오랫동안 목욕을 하고 나오자마자
"아마도 우린 영원히 다시 만나지 못하겠지?"라고 물었다.
그녀가 무슨 말을 할지 난 알 수 없었다.

혹, 임신 중일까?

"아마도……"
"이런 순간에 돈을 빌린다는 말이 우습게 들릴 수도 있겠지만 내게 돈 좀 빌려줄래?"

"분명히 빌려달라"고 말했다.
그리고는 손을 돌려 풍성한 머리결을 머리 위로 틀어 올리고, 손가락으로 귓볼을 만지작거렸다.

나는 내가 가진 한에서 모든 현금을 주었다. 내가 근처 인출기에서 좀 더 찾아다 줄 수도 있다고 말했지만, 여자는 그것으로 됐다고 말했다.

"아마도 우린 영원히 만나지 않을 지도 몰라. 그렇지 않아?"

"아마도……"
"그게 더 좋을 것 같아, 한 번의 만남으로 헤어진다는 것, 만남과 헤어짐이 동시에 일어난다는 것"
그녀는 내 이마에 키스를 하고 한 번도 돌아보지 않고 오두막을 벗어나 거리 속으로 들어갔다.

아마도 우린 영원히 다시 만나지 못할 것이다.
또 영원히 나는 그녀를 이해하지 못할 것이다.

♣

뜬 눈으로 밤을 지새웠다.
보석같이 빛나는 아침, 배고픈 이리들이 기웃거리기도 하지만 누군가 찾아올 것 같은 느낌이 드는 아침이 있다.
세상의 저주를 끝내 살펴보지 못하고서, 누구의 사랑도 얻지 못할 것 같다고 말하는 시인이 내 방문을 두드릴 것 같았다.

헌 책 방의 순례자

이른 아침 해가 뜨자 똘똘군이 “새벽 종이 울렸네” 노랠 부르면서 이삿짐센터로 출근을 했다.
그가 생애 최초로 일하는 직장이다.
어머니가 싸주시는 도시락을 옆구리에 끼고 열심히 노래를 부르며 출근을 하는 모습을 보았다.
아침에는 어제 밤새 내린 비가 기와를 타고 조금씩 조금씩 마당으로 떨어지는 소리가 들렸다. 랭스턴 휴즈(Langston Hughes)의 시를 읽고 엘라 핏제럴드(Ella Fitzgerald)를 들으면서 침대에 여전히 누워 일어나지 않고 있으면, 마치 마지막 아침을 맞는 사람처럼 느껴졌다.

하긴 모든 아침은 마지막 아침인 셈이 아닌가!

♣

‘체계적인 글은 인간의 현조건을 잊게 한다. 모든 것이 이미 씌어져 있다는 확신은 우리를 무화시키거나 우쭐거리게 만든다’
책을 사랑했던 보르헤스는 그의 소설〈바벨의 도서관〉에서 지적했다.
성신여대에서 미아삼거리 방면으로 이어진 고개 중간에 헌 책방이 있었다. 사십 대 여자가 운영하는 이 헌 책방에 가는 것은 숨겨진 성배를 찾는 모험과도 같다.

헌 책방에 들어서면, 영국 영화배우 샬롯 램플링(Charlotte Rampling)를 닮은 여자 주인이 언제나 커피를 마시고 있었다.

"책과 함께 늙어가는 나 자신을 보기도 하지"
검은 핀이 꽂혀있는 그녀 머리 위로 아리스토텔레스와 헤겔이 꽂혀있었다.

"나는 이 년 전부터 혼자가 되었어"
여주인은 원두커피를 갈면서 말했다.
그녀는 굳이 그 말은 하지 말았어야 했다. 아니, 내가 굳이 듣지 말았어야 했다. 나도 하고 싶은 말은 있다.
하지만, 저도 당신처럼 매력적으로 늙고 싶어요.

사물과 오래 같은 공간에 있다 보면 일체화 된다. 그녀가 아주 오래 전부터 한 권의 퇴적된 책처럼 존재하고 있는 듯했다.

어느 도시에든 헌책방은 대학 근처에 자리 잡고 있다.
서울은 물론이거니와, 부산에서는 부산대 앞에서, 대구는 계명대 앞에서, 광주는 전남대 앞에서, 대전은 한남대 앞에서, 청주는 청주대 앞에서, 익산은 원광대 앞에서, 어느 대학 앞에서나 헌책은 사냥꾼을 기다리고 있다.

헌책들은 처형장의 죄수처럼 사형집행인을 기다리고 있는 것인가? 아니면 노예상인에게 팔리기 위해 경매가 열리기를 기다리고 있는 것인가?
이 책을 갖고 있을 필요는 없다, 라고 생각한 이유는 무엇일까? 누군가 선택을 했지만 더 이상 곁에 두려고 하지 않은 책이란 과연 어떤 책일까?

한 어려운 학생이 아쉽게 눈물을 흘리면서 책을 팔아서 한 끼를 때울 수밖에 없을 때 느끼는 심정이란 어떤 것일까?

♣

헌 책에 숨겨진 낙서.

'당신의 스무 번 째 생일을 축하하며 -당신의 사랑스러운 XX-'
'더 나은 출발을 위한 졸업을 진심으로 축하해'
'친애하는 친구 XXX에게 졸고를 드립니다.'

생일이나 졸업축하 선물을 헌 책방에 팔아먹는 인간들은 과연 무슨 생각을 하면서 살까.

헌책은 순교자처럼 복음을 기다리고 있고, 나는 복음을 찾기 위해 헌책방을 순례하였다.

양치기 오두막의 친구들

양치기의 오두막에는 두 친구가 있다
문학도 〈면도날〉 최익현과 〈협상가〉 송병준.
이들은 모두 작가를 꿈꿨었다.
작가가 될 수 있다면, 영혼은 광기에 빼앗겨도 좋았다. 작가를 꿈꾸며 미쳐 죽는 일이 최선의 삶이 아니겠는가. 사실 이미 반쯤은 제정신이 아니었지만, 이것은 록큰롤의 정신과도 통하는 데가 있다.
(힙합의 정신과도 물론, 만난다)

영국 작가 조셉 콘라드(Joseph Conrad)는 유년의 비극적인 추억과 폐쇄적인 분위기의 폴란드를 떠나 해방과 생명을 구하기 위해 바다를 항해하기로 마음먹었다. 그는 삼촌의 도움으로 마르세유로 갔고, 그곳에서 처음으로 〈몽블랑〉이라는 배에 탑승했다. 그러한 콘라드처럼 우리는 얼마나 바다와 이국을 꿈꾸었던가, 얼마나 세상의 끝, 아프리카로 떠나고 싶어 했던가, 조셉 콘래드는 우리가 꿈꾸는 예술가의 전형이었다.

바닷가의 한 오두막에서 죽을 때까지 머물 수 있다면, 하고 염원했지만, 지금은 이 숨 막히는 도시의 한 구석, 양치기의 오두막에서 살고 있을 뿐이었다.

오두막을 벗어날 수 있을까
오두막을 벗어나면 속임수에 대한 경배와 솔직함에 대한 야유, 음란한 화장실, 고장난 신호등, 시커먼 털로 덮힌 깡패들의 폭력과 파격적인 불륜의 이미지로만 가득 차 있는 세상이 거대한 홀로그램처럼 펼쳐져 있었다.

♣

파트리크 쥐스킨트(Patrick Süskind)가 쓴 유명한 소설 속의 주인공 좀머씨는 〈밀폐 공포증 환자〉였지만, 우리는 그 반대인 〈광장 공포증 환자〉들이었다.

한참 동안 오두막에 틀어박혀 창문을 열지 않았다. 햇빛을 보기 두려워하는 음지식물처럼 지냈다. 정치적, 사회적 진공상태에서 숨쉬기가 힘들었다.

성대와 명지대에서 대학생들이 곤봉에 맞거나 직격 최루탄에 맞아 쓰러졌다. 그날 해적방송에는 〈진혼곡〉이 하루 종일 흘러나왔다. 해적 방송의 디제이는 정보기관의 여자와 섹스에 열중했다.(그녀는 나중에 베를린에서 피살된다.)
플레이 다시 백 플레이 백 다시 플레이 백.

종교 전쟁과 반전운동과 보복 공격과 대통령 선거와 반핵과 강간과 린치와 동정과 결혼과 이혼과 장례식과 자살과 탄생이 있었다. 모든 게 비정상이었지만, 정상인 척했다.

그 시절, 우리는 오두막의 창문을 열지 않았다.

♣

"날개를 진흙탕 속에 담근 채 다시 빼내 푸드덕 거리면 돼. 진흙으로 엉망이 된 날개를 터는 중에 한 쪽 날개가 찢어져 버리는 거야. 내가 왜 또 날개 타령이냐구? 모든 사람은 초현실주의의 고아들이지. 현실감각이 우리 눈을 멀게 하잖아. 바로 스트라빈스키의 '불새'처럼 말이지"
〈면도날〉 익현은 스트라빈스키(Stravinsky)의 '불새(Firebird)'에 대해서 말했다.

해적방송에서 스트라빈스키의 '불새'가 흘러 나왔다. 디제이는 벌써 여자와 세 번째 섹스에 들어갔다. 신참교수는 쓰린 속을 쥐고 얼굴을 찡그리고 지독하게 잔혹한 인간에 대해서 떠듬떠듬 말하고 있었다.(나중에 그는 정치적으로 전향하여 국회의원에 당선되었다) 날개를 펼치기에는 어두운 오두막이 우리에게 너무도 좁다는 걸 알고 있었지만, 오두막을 벗어나면 더 답답해질 것이라는데 동의했다.

노아의 방주처럼, 오두막이 우리에게 피난처가 되었다.

카페 오딧세이

카페 '오딧세이'에서 일했던 'S'여대 서양화 전공의 현주가 일을 그만두었다. 현주가 끓여주는 맛있는 커피를 더 이상 맛보지 못한다. 현주는 나가면서, 오두막에 초대받지 못해서 섭섭했노라고 말했다.

"지나친 결벽증 때문에, 아니면 스스로 절제할 수 없기 때문에 여자들을 초대하지 않는 거야?"
"글쎄, 꼭 그런 것은 아닌데. 왠지 불편해서"
"누군가 그러더군. 밤새 기다리고 있는 스테파네트를 그냥 두는 남자와는 상종도 말라고"
현주는 떠나면서 자신이 직접 그린 내 초상화를 선물로 주었다.

"이게 나야? 왠지 다른 동물처럼 보인다."
"양치기가 양을 닮아야하지 않겠어?"

하긴, 양을 많이 닮은 초상화다.

♣

현주 대신 새롭게 카페에서 일하는 아가씨 〈W, S〉는 사팔뜨기다. 왼쪽 눈동자가 바깥쪽으로 쏠리는 좌안 외사시다.

〈장폴 사르트르, 제임스 뷰캐넌, 카슨 맥컬러스, 채제공, 황현, 그리고 사도 바울〉
정면과 외곽을 같이 볼 수 있는 사람들.

〈W〉는 날씬하고, 얼굴도 귀여운 편이고, 의상학을 전공하기에 옷도 멋있게 입지만 커피를 맛있게 끓이지 못했다.
누군가 나에게 하루의 기분이 어떻냐고 물으면, 오딧세이의 커피맛으로 가늠한다고 말하곤 했었다.
이제는 별수 없군, 하며 커피대신 아이스티를 한 잔 마셨다.
그나마 〈W〉는 커피보다는 아이스티를 맛있게 만든다.

사라 보건(sarah vaughan)의 노래. 'what a difference a day make'이 흘러나온다.
카페 오딧세이는 중세의 성처럼 견고한 느낌을 주었다.
누구든지 이 카페에 오면 숨을 만한 곳도 없고, 또 숨지도 않았지만, 쉽게 누군가를 찾을 수도 없다는 걸 느끼게 된다.

♣

그 해 여름은 유난히 더웠다.
마치 지구를 끓여 보온병에 넣어 놓았던 것처럼, 더운 습기가 목덜미와 머리카락으로 스며 들었다.
나는 끝없는 목마름을 〈아이스티〉로 견디고 있었다.

"아이스 한 잔 더"

벌써 넉 잔 째다.
다른 손님들도 얼음을 입속에 넣고 오도독 오도독 씹어 먹었다.
더울수록 취하고 싶어지게 된다.
이쪽 저쪽 테이블에서 부르고, 그 때마다 〈W〉가 새처럼 이리저리 움직였다.
취한 손님들이 하나 둘 카페를 나가고, 한산한 시간이 되면, 〈W〉는 책에다 책받침을 대고 쓱하고 밑줄을 긋고 한참동안 구석을 쳐다보면서 생각을 한다.
젊은 여자가 〈무엇인가〉를 곰곰이 생각한다.

♣

익현은 오딧세이 구석에서 발레리의 시에 대해서 병준과 토론한다. 발레리의 시론 중에서 "시는 지성의 작품이고, 언어의 구실은 정신의 깊고 어두운 삶을 의식의 빛 앞으로 끌어내는 일이다, 그러기 위해서는 참을성과 절도가 필요하다"를 인용한다. 익현은 자신의 시에 복잡한 상징과 은유 고도의 절제된 시어를 고집하는 이유를 설명했다.

충동과 자극은 또 어떤가? 의식적으로 독자의 누선이나 말초신경이나 스펙터클한 환희를 불러 일으키려 하지 않는가? 누군가 논평한대로, 감정의 흥분상태는 결코 미적상태가 아니다.

'언젠가 이해할 수 있다면, 내 상상력을 발휘할 시점에서 한 사람이라도 인정해준다면'

누군가 시를 이해할 수 있다면 가능하다.

예술을 관통하는 무엇이 없을까.
리듬, 상상력, 착각상태, 꿈의 상태.

♣

헤밍웨이는 벽에다 매일 무언가를 쓰고 있었다.

78+97+124

그게 뭔지 알아?
그날에 쓴 단어 숫자야. 자신을 한계로 몰아붙이는 예술가의 충실한 지표.

언어가 그의 털 복숭이 입에서 나오면 그 말은 대서양 한 가운데서 금방이라도 튀어 오를듯한 청새치에게 전해질 것 같았다.

푸른 언어의 물결이 터질 듯한 심장에 가득 차고, 그는 남자다움을 몸으로 보여주었지.
또 어느 순간 아프리카 정글에서 사자를 죽음을 무릅쓰고 자신의 바로 앞까지 유인해서 한 방에 쏘아 죽였어.

“조용히 숨어있는 작가들은 모두 시체야”
그는 면도날처럼 날카로운 단어로 우리의 심장을 그어대고 있었어.

나는 내가 제일 두려워

李箱처럼 나는 내가 제일 무섭다.

익현군은 익현군이 제일 두렵고 병준군은 병준군이 제일 섬뜩할 때가 있었으며 거꾸로 서있는 신호등은 바로 서있는 신호등이 가장 무섭고 고장난 비행기는 하늘을 날고 있는 비행기가 가장 두렵다.

사람에게는 사람이 제일 두렵고, 개는 개가 가장 무섭다.

바흐는 바흐가 가장 두렵고, 피카소는 피카소가, 말라르메는 말라르메가, 비틀즈는 존 레넌이, 너바나(nirvana)는 커트 코베인이 두렵고, 칸트는 순수이성 비판이 가장 두렵다.
마치 신이, 신이 가장 두렵고, 악마는 악마가 가장 두려운 것처럼 천사는 천사 자신이 괴기스럽고 혐오스러웠다.

당신은 당신이, 사물은 사물이, 1은 1이 가장 두려웠다.
당신이 당신 자신을 들판에 풀어주고 스스로의 족쇄를 풀어야만 했다. 그것은 시뮬라시옹에 대한 저항이었다.
우리가 우릴 보호할 수 있는 마지막 단서.

털어버린 먼지와 같은 인간이 많다

나 혼자만이 죄인이 아니라 하루에 수없이 늘어가는 죄악의 공범들 속에 그저 보잘 것 없는 한 명이라는 것.
치욕의 빛깔이 기름위로 흐르고 죄악의 혼탁한 진흙에서 미끄러지고 싶고 춤추고 싶고 그러면서 알게 모르게 치욕에서 벗어나고 싶었지만 착한 사람들은 모두 살아남지 못할 그런 세상이 온 것. 우울한 예언을 한 자는 실은 노예근성을 지녔으며 매일 장송곡을 부르게 되리라는 것.
결코 용서 해줄 수 없다. 판결이 내려진다.
'스스로 유죄임을 자백한다'
환청이기를 간절히 바랐습니다.

세계는 스스로가 무섭고 두려운, 죄인들의 감옥이다.
이상의 오감도를 다시 암송한다.

이상(李箱)의 오감도(烏瞰圖)

十三人의兒孩가道路로疾走하오.
(길은막다른골목이適當하오.)

第一의兒孩가무섭다고그리오.
第二의兒孩도무섭다고그리오.
第三의兒孩도무섭다고그리오.
第四의兒孩도무섭다고그리오.
第五의兒孩도무섭다고그리오.
第六의兒孩도무섭다고그리오.

第七의兒孩도무섭다고그리오.
第八의兒孩도무섭다고그리오.
第九의兒孩도무섭다고그리오.
第十의兒孩도무섭다고그리오.

第十一의兒孩가무섭다고그리오.
第十二의兒孩도무섭다고그리오.
第十三의兒孩도무섭다고그리오.
十三人의兒孩는무서운兒孩와무서워하는兒孩와그러케뿐이모혓소.
(다른事情은업는것이차라리나앗소)

그中에一人의兒孩가무서운兒孩라도좃소.
그中에二人의兒孩가무서운兒孩라도좃소.
그中에二人의兒孩가무서워하는兒孩라도좃소.
그中에一人의兒孩가무서워하는兒孩라도좃소.

(길은뚤닌골목이라도適當하오.)
十三人의兒孩가道路로疾走하지아니하야도좃소.

날개달린 엉덩이를 갖고 싶어

마르크스의 〈자본〉을 읽을 수 없을 때가 있었다. 어떤 이데올로기에 대해서 지나치게 그 영향력을 과대평가한 시절이 있었다. 시대가 불경한 때였는지, 인간들이 불경했는지 알기는 어렵다.
노동이 예속이었는가, 아니면 자유였는가
과연 자본주의가 내적 모순들로부터 출발하여 스스로 소멸할 것인가
경제공황, 전쟁, 생산력과 생산관계의 모순이 모두 들어맞을 수 있을까, 알기는 어렵다.
다만, 시간만이 답을 해줄 수 있을 것이다. 언제나 그랬던 것처럼.

♣

거리에 있는 경찰은 둘씩 잡담을 하였고 수녀 두 명이 지나갔다. 언제나 키 큰 수녀와 키 작은 수녀가 한 팀이 되어 지나갔다. 며칠 전 존경 받던 환경 시민운동가가 여대생을 강간한 혐의로 구속되었다.

구원에 속고 바람소리에 속고 지친 한 숨에 속았다. 역설에 속고, 진담과 농담 사이에서 속았다. 장사치에 속고 우정과 사랑에 속았다. 그리고 늘 자신에게 속고 스스로를 속이며 살아가고 있

다. 전에는 자유, 정의, 진리에 대해서 분명하게 말할 수 있다고 생각했었다.
사랑과 꿈과 희망과 정열도 마찬가지로.

전에는 무언가 분명하게 말할 수 있다고 생각했다.

♣

〈W〉가 와이드 스크린에 한 밴드의 시드니 공연실황 장면을 틀어놓았다.
밴드는 처음에 비틀즈의 곡을 커버했다.
관중들은 열광했고, 소녀들은 미친 듯이 날뛰었다.
조명은 지나치게 잔인하게 우리들의 외로움을 비추고 있었다.

카메라가 새로운 기타리스트 어깨에 새긴 독수리 문신을 비추고 보컬은 직설적이고 선정적인 가사를 쓰고 있었다. 흑인 코러스는 등 뒤에서 "쓰레기, 오호 쓰레기"를 불렀고 조명은 검은 살이 출렁거리는 걸 비추었다. 개구리들의 합창처럼 노래는 카페에 울려 퍼졌다.

날개달린 신발을 갖고 싶어
날개달린 엉덩이를 갖고 싶어

부드러운 입술을 갖고 싶어
부드러운 약탈을 하고 싶어

부자의 호주머니를 갖고 싶어
약한 자의 마음을 갖고 싶어

내가 원한 건 술값, 여자, 믿음
그녀가 원한 건 남자, 술값, 뱀파이어
바보처럼 살았어도 걱정은 안 해
성자처럼 살았어도 자랑은 안 해

모든 게 싫어, 싫어, 싫어

rap:
저기, 저기서, 울부짖음이 들려, 은빛, 안개를 덮고 있는, 새벽, 혐오해, 종교와 정치가, 보석을, 항문으로, 집어넣는, 마약쟁이, 아프리카로, 떠난, 소설 속에, 악당이, 비판해, 너무도, 쉬워, 저기, 저기서, 울부짖음이, 들려, 은빛, 안개가, 덮고 있는, 새벽.

♣

죽음 후에 대하여 염려하는 사람은 종교에 광적으로 몰두한다. 우리는 모두 연약하며 겁이 많고 모자란 사람들. 그러나 용기있는 자들은 죽음 후에 대하여 염려하지 않기 위해 불멸을 꿈꾸고 기억 속에서 생존하기 위해 예술에 광적으로 몰두한다.

〈협상가〉 병준은 윌리엄 카를로스 윌리엄스를 생각하며 다음과 같은 시를 짓기도 했다.

천사들의 합창

흰 눈에 깔린 논에서 뒹구는 노란 공
아이들의 웃음이 눈을 밟고 지나가고
빨간 벙어리장갑들은
튀는 공을 잡기 위해 한 점으로 모여든다.

아이들의 반짝이는 눈빛에
가늘게 실눈을 뜨고 남겨놓은 발자국
노란 공이 푸른 하늘을 향해 던져진 포물선을
신기한 듯 바라본다.
여기에 모든 것이 관련된다.

무정부주의자들을 찾아
긴 생머리를 한 나체의 여자들은
기타를 메고 베트남으로 떠났다.

거무튀튀한 입술로 노래를 부르던
여자들은 지나치게 금욕적이었다.

화려한 날은 빛보다 빠르며
순결한 젊은 시절이 시들며
용기있는 군인은 부상당하며
아름다운 소녀는 할머니되네

손가락이 잘려나간 아이들과

바이올린으로 연주하는 장님과 노래하는 거지들과
수학자로서 술에 취한 전직 선생들의 세계

우리는 천국과 지옥사이에서 방황을 했죠?
늙고 매서운 눈의 뱃사공은 웃기만 했고
그 곳 사람들은 모두 천사와 같았다.

여기에 모든 것이 달려있다.

♣

당신의 모든 것은 어디에 달려 있는가?
윌리엄 카를로스의 시는 다음과 같다.

so much depends
upon

a red wheel
barrow

glazed with rain
water
beside the white
chickens.

- 윌리엄 카를로스 윌리엄스(William Carlos Williams), 〈The Red Wheelbarrow〉-

양치기 사랑을 위한 응원가

스페인 태생의 미국 철학자, 시인, 평론가인 조지 산타야나(George Santayana)는 멋진 명언을 많이 남긴 사람이다. 그가 한 명언 중에 하나는 이렇다.

"여신은 옷을 벗을 수 없다. 왜냐하면 그녀의 속성이 바로 실체이기 때문이다"

♣

하긴, 소년들은 언제나 사랑하는 여자를(아무리 평범하더라도) 요정이나 여신으로 만드는 경향이 있다.

한 여자가 사랑한다고 말한 적이 있었다. 하지만, 진정 사랑하는 여자는 사랑한다는 말을 꺼내기도 전에 떠나버렸다. 사랑은 불공평, 비논리적, 불합리, 역설과 반어로 이루어져 있다. 사랑받는 여자는 우리를 헌신짝처럼 버리고, 사랑하는 여자는 쉽게 버림받는다.

스무 살이란 얼마나 이기적인 나이인가!
사다리를 놓고 여자의 창문 앞으로 다가가 사랑의 이름을 부를 땐 친구들은 모두 한 마음이 되어 응원해 주었다.

우리는 그 때마다 멋진 응원가를 부르곤 했다.

♣

송충이는 솔잎을 먹어야지 dash dash
사다리는 부러지지 않게 잘 만들어야지 dash dash
그녀 곁은 멍청한 녀석들 뿐이야 dash dash
그녀는 널 선택하게 되어있어 dash dash
아무도 그녀의 속마음을 모른다 dash dash
짝사랑의 눈물을 거두어라 dash dash
그녀의 눈물은 선전용이야 dash dash
그녀의 코 밑 점은 화장이다 dash dash
진짜가 아닌 미인은 얻기 쉽다 dash dash
그녀의 다리를 보아라 dash dash
그녀의 사랑은 선전용이다 dash dash

한 여자가 나를 사랑했었단다, 어쩌면 그것은 선전용.

♣

늦은 오후에 거리를 걸었다.
햇빛이 방울방울로 거리로 떨어지고 있었다.
"카푸치노 한 잔 주세요"
소녀는 말했다.

나는 지금 무엇하는 중이냐고 물었다.

"건강한 남자를 찾아요. 머리도 좋고 체력은 말처럼 강해야 되요"

터질듯한 뒤태를 드러내는 블루진을 입은 소녀가 옥외 카페에 서있다. 빨간 입술 사이로 츄파춥스를 물고 패션잡지를 뒤적이는 동안 오후의 햇빛은 더욱 강한 빛을 뿌렸다. 패션이란, 언제나 성적 자극이라면 모든 것을 수용할 수 있는 시스템을 상징한다.

갈색 가죽 부츠에서 번져 나오는 붉은 색이 불길처럼 느껴졌다. 열병처럼 뜨거워져 가는 도시의 열정이 허영의 오후를 서서히 달아오르게 했다.

'종의 진화방향은 효율성에 있으나 효율성이 배제되는 진화도 가능하다. 그러한 비효율적 진화의 요인은 바로 짝짓기를 위한 매력을 위해서다'
진화론자의 설명은 유효하다.

"말같은 남자를 원해요."
부드러운 목선을 통해 흘러나오는 묘한 억양이 귓가에 맴돌았다.

♣

섬은 어디인가?

벌거벗은 섬
위장된 아름다움이 아닌 곳
시간이 멈춰있는 그 곳, 물위를 걷고 싶은 그 곳
본질적인 핵심을 건져 올릴 수 있다고 믿는 그 곳
자유와 해방의 노래를 마음껏 목 놓아 부를 수 있는 그 곳
무지개를 밟고 섬으로 건너갈 수 있는 그 곳
전파와 감시의 거미줄이 없는 곳.

양치기식 사랑법

병준은 러시아에서 유학 온 (한국문학을 전공하는) 아리따운 처녀를 사랑하고 있었다.
그녀를 〈러시아 처녀〉라고 불렀다.

〈러시아 처녀〉가 받은 편지에는 별과 달과 죽음이 등장한다.
'당신을 가지고 싶어요'
병준은 쓴다.

입 밖으로 나오는 말을 다시 구겨넣고, 고양이 포우는 새로 사 온 고등어를 먹는다.

모두 양치기의 오두막에서 벌어진 일이다.
둘은 오두막으로 숨어 들었다.

병준과 그녀는 도시에서 보이지 않은 별을 찾았다.
여자는 러시아인의 긴 이름에 대해서 설명했다.
그녀는 어둠 속에서 별을 수없이 발견했지.
저기 또 하나.
그건 단순히 빛이었다고 착각할 때 그녀는 정확히 하나의 별을 찾아냈다.

스트라빈스키, 디아길레트, 보즈네센스키, 니진스키, 림스키.

별처럼 수많은 이름, 착한 러시아여인처럼 붉게 물든 그녀의 붉은 뺨을 보았다.
그녀는 별을 찾고 먼저 기분 좋게 취했다.
어깨에 기대오는 부드러운 머리칼

'러시안 중 남자들은 여자보다 체구가 작을 뿐더러 대부분의 일을 여성이 해요'
러시아 처녀는 말했다

더 이상 찾아낼 별이 없다고 느꼈을 때, 그녀의 향기는 병준의 마음을 흔들어 놓았다.

이마가 서늘하게 느껴졌을 때, 어떤 바람일까.

그녀의 달아오른 뺨에 병준의 입술이 닿았을 때 〈러시아 처녀〉는 가만히 있었다. 숨소리만 세상을 흔들어 놓았다.
주위는 숨 막힐 듯한 적막에 휩싸였고, 부풀어 오르는 가슴과 원인 모를 추위가 느껴졌다.
그녀의 입술을 비집고 들어간 후 숨을 헐떡이는 별들, 차가운 바람이 그녀의 뺨을 식힐 때, 우박처럼 별들이 쏟아질 것 같았다.
병준은 자신이 한 일을 알고 있었다.

별을 찾다가 그만 둔 지난 날.
왠지 화가 나곤 했다.
심각한 것은 아니다, 스스로에게 말하지만 여린 감정은 흔들렸다.

엉클어진 머리칼과 희미한 야생화 내음,
유혹이 강한 것임을 알고 있었다.
주위는 죽음처럼 고요했고, 그녀는 아름다웠음으로.
손에다 키스해 주세요 아직까지 존경할 수 있나요?
러시아 처녀는 말했다.
그는 수십 번 넘게 그녀의 손에 키스를 했다.
둘은 여러 개의 별을 찾았다.
여기, 사랑의 은둔처, 양치기의 오두막에서.

병준은 스탄 겟츠(Stan Getz)를 틀어달라고 요청했다.
그녀가 생각나기 때문이었다.
러시아 처녀는 두 살 연상이었다.
"고른 치아에 운동화에 맨발을 고집했지" 익현군이 말했다.
"너의 과거는 여인들의 역사로군"

모든 만남처럼 그들의 만남도 뚜렷한 계기가 있었던 것은 아니었다.
〈러시아 처녀〉는 병준군에게 키스하는 법과 마지막으로 스탄 겟츠(Stan Getz) 듣는 법을 가르처 주었다.

스탄 겟츠의 곡이 흘러나오자 너나 할 것 없이 우리는 동시에 잔을 들고 눈을 감았다.

"중요한 만남에는 특별한 계기가 존재하지 않는 것 같아"
그가 말했다.

러시아 처녀는 양치기의 오두막을 떠나고 싶어하지 않았다.
이상한 곳이다.
양치기의 오두막: 들어오면 나가기 싫어하는 곳.

양치기 프로이드

브런치 : '욕망'이라는 전차를 타고, 그리고 '무덤'이라 씌어진 전차를 바꿔 탄 다음에 여섯 번째 정거장에서 내리라고 가르쳐 주던데요. '극락'에서 내리라구요!

테네시 윌리엄스(Tennessee Williams)의〈욕망이라는 이름의 전차(A streetcar named Desire)〉

♣

명상을 통한 자기 추방의 방식, 스스로를 추방시키는 예술가들. 잠시 눈을 감고, 잠을 자는 것도 아니고 깨어있는 것도 아닌 상태에서 영혼을 환상의 바다에 던져 놓는다.

그럼 상상력의 힘이랄까, 자주 이상한 환상에 빠져들곤 했다. 양치기 오두막에서는 별뿐만 아니라 밤의 신비에 대한 환상을 갖게 된다.

그 시절 난 자주 꿈을 꾸었다.

♣

자동차가 절벽에서 떨어지면서 인어공주가 되는 꿈

개구리가 처녀와 사랑을 나누는 꿈
비둘기가 아이에게 젖을 먹이는 꿈
암소가 성전환 수술을 하여 황소가 되는 꿈
바퀴벌레가 코끼리를 임신하는 꿈
토끼가 포르노 여배우가 되는 꿈
할머니가 마법에 걸린 백조를 구해내는 꿈
코메디언이 종신 대통령에 당선되는 꿈
악어가 도로를 씹어 먹는 꿈
사막의 여우가 비행기를 조종하는 꿈
돈이 어느 순간 사라지는 꿈
원시 모계부족사회로 회귀하는 꿈
씨없는 밭에서 말라버린 과실이 열리는 꿈
모든 언어가 사라져서 수화로 대화하는 꿈

♣

똘똘군 집에 새 식구가 하나 늘었다. 흰 털에 푹 꺼진 검은 눈. 밥을 무척이나 많이 먹게 생겼는데, 역시 엄청난 양의 밥을 먹어치우곤 따뜻한 이불 위에 누워 잠만 잔다. 이름은 고도(Godot).

열등한 인간은 약삭빠른 동물의 장난감이겠지.
고도는 똘똘이가 상상할 수 없을 정도의 식성을 보였다.
가끔 던져주는 식빵을 순식간에 삼켜버렸다.

아마도 똘똘이네 식구는 고도를 감당해내기 위해 더 열심히 이삿짐을 날라야 할 지 모르겠다. 똘똘군은 언제나 그 먹성 좋은 고도를 안고 최신 유행가를 불러주었다.

♣

병준군은 연인에게 긴 편지를 쓰고 있었다.
고양이 포우는 눈을 크게 뜨고 수염을 비볐다.
고양이 포우는 굶주려 있는 상태이고 〈W〉는 음악을 자주 되돌렸다.

양치기의 오두막을 떠나며

어느덧 약속한 시간이 흘렀다.

오두막을 떠나는 날, 병준이, 익현이, 현주, 그리고 〈W〉도 왔다. 현주는 여전히 자기가 오두막에 초대받지 못한 것에 대해서 서운한 감정을 내비쳤다. 〈W〉는 여전히 무뚝뚝하게 카페는 잘 되고 있고, 몇 명의 여대생들이 내 근황을 물어본다고 했다.

"양치기 근황을 물어보는 여자들이 정상이야?"
현주는 내 팔을 꼬집으면서 말했다.

〈W〉는 현주의 커피를 원하는 사람이 많다는 이야기도 했다. 그리고는 술잔을 거듭 비우더니, 생각을 하기 시작했다. 〈W〉처럼 예쁜 여자가 갑자기 생각에 집중하면, 주위가 정적에 휩싸인다.

〈ㅁ〉자 모양의 기와집은 헐려 버렸지만, 빨랫줄에 걸린 옷가지들의 펄럭임 소리, 부산한 오후의 식사 소리, 밤에 울려 퍼진 서글픈 울부짖음이 잔향으로 남았다.

♣

칸트는 '예술이란 아름다운 사물의 묘사가 아니라 사물의 아름다운 묘사'라고 말했다.
아름다움은 기억 속에서 더 크게, 더 멀리 남게 된다.

먹지에 물이 스며들 듯 양치기의 오두막은 삶 속에 스며 들어와 있다. 여전히 그 주변을 걸을 때면, 양치기 오두막 시절을 기억한다. 그리고 우리를 묶은 신비한 우연과 삶의 아름다움이란 과연 무엇이었을까를 스스로에게 묻는다.

이 곳에 양치기의 오두막이 존재했었다. 여전히 그 곳은 내 가슴 한 구석에 고귀한 삶의 흔적으로 남아있다. 스피노자가 말한 것처럼, 모든 고귀한 것들은 힘들 뿐만 아니라 드물기 때문이다.

CHAPTER 03

오르곤 박스(Orgone Box)

Gnothi seauton! why me?

누군가 빌헬름 라이히에 관한 이야기를 해주었다.
신과학의 선구자 빌헬름 라이히(Wilhelm Reich: 1897-1957)는 연구 중에 스스로 대기에 존재하는 오르곤 에너지(Orgone-Energy)를 발견하였다. 그리고, 1940년 12월 최초의 오르곤 박스를 제작, 판매하였다. 이것은 생체 질병 치료와 에너지 회복에 좋은 오르곤 에너지 집적기다. 이 박스로 인해 그는 FDA(미국 식약청)에 의해 체포되었으며, 결국 형무소에서 심장발작으로 사망하였다. 그에 관련된 모든 서적은 소각되었다.

참 잘 생긴 뱀파이어 하나

"생각없이 사는 일상적 삶이 악의 근원이다."
한나 아렌트(Hannah Arendt)는 말했다.

♣

그녀는 스스로를 '한나 아렌트'로 생각한다.
돈이 많고, 냉정하며, 비인간적이며, 셈에 밝다.
말하자면, 어느 작은 부분도 진짜 '한나 아렌트'와 닮지 않았다.

그녀는 서른 셋 이후로는 현 사회 체제 안에서 결혼할 생각은 완전히 접었으며, 다만 정신적 육체적인 파트너로서 '하이데거'(M.Heidegger)와 같은 남자를 원했다.

왜 지적인 여자들은 모두 '한나 아렌트'나 '마사 너스봄'(Martha Nussbaum)을 닮기 원하는가. 모든 지적인 남자들이 '까뮈'(A. Camus)를 닮기 원하는 것처럼.

처음 영화 제작 현장에 그녀를 보았을 때, 원인 모를 불안감을 느꼈다.(그녀는 실내 인테리어로 돈을 긁어모았으며, 이번 영화의 세트 제작에 참여했다.)

첫인상, 참으로 위험한 시선을 가진 사람이다.

“음악을 맡고 있습니다”
대머리 감독이 나를 소개했을 때, 여자는 묘한 웃음 지었다. 그리고, 그녀의 시선이 집요하게 따라다녔다.
그 시선이 무엇을 의미하는지, 남자들은 알고 있다.

남자와 여자 모두, 침묵을 동반한 고집스러운 시선은 ‘섹스’를 의미한다. 왜냐하면 바라보는 것이 매혹적이라함은, 그것이 욕망의 대상이기 때문이다.

영화음악은 지지부진했고, 난 그저 의무에서, 돈벌이에서 벗어나고 싶었다.
비가 내리고, 음악은 쓰레기만 나오고, 전화할 사람은 없고, 외롭기는 한데 누구를 만나기도 귀찮은, 남자도 심리적으로 달거리를 하는 바로 그날.
언젠가 기억할 수 없는 날, 〈한나 아렌트를 꿈꾸는 여자〉와 잤다.

♣

〈한나 아렌트를 꿈꾸는 여자〉의 몸은 잘 생겼다.
입술은 달콤하고 따뜻하지만, 몸은 차갑다.
지난 밤의 섹스는 내게는 최악의 섹스 중에 하나였다.

그녀도 섹스에 관해서는 지나친 환상을 가지고 있었다.
잠자리 상대로서 하이데거라니.

그녀는 섹스 내내 딴 생각에 사로잡힌 듯 보였다.
어쩌면 사색하는 누드가 오히려 어떤 억제력을 가져 왔는지도 모른다.

"무슨 생각을 해" 나는 물었다.
"다이어트" 그녀는 뜻밖의 대답을 했다.
"그게 당신이 이 상황에서 한 생각의 전부야?"

나는 그녀의 말에 어이가 없었다.
이미 그녀의 몸은 식어버렸다.
"농담이야. 시간에 대해서도 조금 생각을 했어. 지금, 과거, 그리고 아주 가까운 미래."

그녀는 이불을 끌어 당겨 몸을 가렸다.
"시간에 대해서 생각하는 군. 맞아. 한 번 쯤은 시간에 대해서 생각하게 되지."

그녀는 멍하니 천장을 보며 쿠바산 시가를 피웠다. 시가를 피우는 여자라. 매캐한 연기가 방안을 떠돌았다.

나는 그녀의 몸을 덮고 있는 이불을 끌어내리고 그녀의 몸을 보았다. 하얀 몸 위로 송글송글 땀방울이 맺혀있다.

"담배로 자살한다는 커트 보네것(Kurt Vonnegut)의 말 들어봤어?"
그녀는 한 손으로 시가를 피우고, 다른 손으로 내 몸을 부드럽게 쓰다듬으며 말했다. 금방이라도 수술을 할 준비가 되어있는 외과의사의 손처럼 차갑고 부드럽다. 그녀의 눈은 먹이를 탐색하는 고양이처럼 빛이 났다.

"네게 담배는 기도잖아. 자살 도구가 아니고……"
그녀는 빙긋 웃고, 시가를 껐다.
그리고 나의 눈을 멍하니 쳐다보았다.

"넌 너의 육체를 거추장스러워 하는 것 같아"
그녀는 말했다.

"어쨌든 난 여길 떠나고 싶어. 단지 그 뿐이야"
나는 그녀를 안으며 말했다.

글쎄, 나는 커트 보네것 보다는 핀천(Pynchon) 쪽이다.

♣

바람이 한 차례 지나갔다.
여자는 차가운 샴페인으로 입술을 적셨다.
나는 멍하니 침대 끝에 앉아 저녁 야경을 보고 있었다.

서울의 밤하늘에 야광충처럼 빛나는 빌딩의 빛.
언제까지나 꺼지지 않는 저 욕망과 슬픔의 빛.
땀으로 범벅된 육체위로 차갑고 메마른 공기가 흘렀다.
나는 아라베스크 문양의 현기증을 일으키는 천장을 보며, 가쁜 숨을 몰아쉬었다.

그녀는 옷을 입고 나에게 수표 두 장을 내밀었다.
나는 지난 두 달간 써두었던 영화 주제곡과 작곡료를 떠올렸다.
(영화판이란 곳이 제 때 돈을 주는 법이 없다)
누군가는 돈으로 자살하려 한다.

"즐거웠어. 기분 나쁘지 않았으면 해. 그냥 주고 싶었어"

♣

즐거웠어, 여자는 돌아갔다
나는 말없이 돈을 지갑 속에 찔러 넣었다.
욕실에서 몸을 닦으며, 천천히 몸을 거울에 비춰 보았다.
거기에는 잘 생긴 괴물 하나가 있었다.
참 잘 생긴 뱀파이어 하나.

한때, 천사를 그려 봤지.

봄이 왔다.
학교 뒷산 진달래는 빨간 꽃망울 드러내고, 화단의 노란 개나리들이 보실보실 피기 시작했다.
푸른 싹들은 더 이상 아파하지 않고 겨울을 뛰쳐나왔다.
젊은 여자 교생은 따가운 봄 햇살을 받으면서, 열심히 시를 읽어가기 시작했다.

가거라, 나의 모든 사랑이여
세상 어느 곳에서든
봄이 오건만
내게는 봄이 오지 않는다.

누구의 봄도 나의 봄은 아니다
가거라, 옛 사랑이여
내게 봄의 이름을 가르쳐 준 이
말도 없이 어디로 가버렸는가

나는 겨울 속에 머물러 있고
모든 것들의 봄이
나의 봄은 아니다.

♣

"그 소문 알아?"

학생들이 시에 정신이 빳겨 있는 동안, 나는 교생의 초상화를 그리고 있었다. 옆에 있던 석이 녀석이 말을 걸어왔다.

"무슨 소문?"

석이 녀석은 바지 허리띠를 끌른 채로 책상에 바짝 몸을 기대고 있었다. 그 녀석은 언제나 자신의 허리 치수보다 두 치수 아래 바지를 입고 다녔다. 어디선가 읽은 책에 의하면 자신의 맨살 엉덩이를 누르는 것이 남성을 키우는데 최고라는 것이었다. 그게 신빙성이 있는지는 모르겠지만, 그런 놈이었다. 학교에 오면 언제나 답답한 허리띠를 풀러 놓았다. 하긴, 중학생 치고는 가장 큰 엉덩이를 가지고 있는 놈이었다.

"저 교생이 2학년 교실에서 수업하고 있는데, 한 녀석이 교실 맨 뒷자리에서 앉아 창백한 얼굴로 있더래. 교생은 수업하다 말고, 그 녀석이 아픈 줄 알고, 다가갔더니, 그녀석이 책상을 지 앞으로 끌어 당겨 놓고, 놀래면서 더 책상을 앞으로 끌어 당겼데. 교생이 이상하다 싶어, 책상을 치우라고 했더니, 그 놈 한사코 거부했어. 교생이 화가 나서 책상을 확 치웠더니 그 놈 뭐하고 있었는 줄 알아?"
나는 순간, 와 하고 웃음을 터뜨렸다. 교생은 나를 노려보았다.

♣

"너, 지금 책상에 있는 것 갖고 나와"
교생은 말했다.
나는 교생의 초상화를 그리고 있었다.
르느와르 풍의 초상화. 하긴 르느와르의 모델이 될 충분한 자격이 있었다. 교생은 아까부터 내가 그녀를 쳐다보면서 책상위에 무언가 그리고 있는 걸 알고 있었다.

"너, 지금 그리고 있는 것 갖고 빨리 안 나와?"
아이들의 눈이 나에게 일제히 쏠렸다.

나는 천천히 일어서, 그린 것을 들고 교생에게 다가갔다.
물론, 그림은 언젠가 그려놓은 천사의 그림으로 바뀌어 있었다. 이미 르느와르의 육감적인 여인은, 라파엘로(Raffaello Sanzio da Urbino)와 티치아노(Tiziano Vecellio)가 그린 〈수태고지(Annunciatio)〉에 나올 법한 순결하고 성스러운 천사의 모델로 바뀌어있었다.
교생은 천천히 그림과 나를 번갈아 바라보았다.
내심 자신을 천사로 그려 놓은 것에 만족하는 웃음을 지어보였다.

"이게 나야?"
교생은 물었다

나는 고개를 끄덕였다.
아이들은 사실을 아는지 모두 웃기 시작했다.
아이들은 나의 그런 버릇을 알고 있었다.
나는 모든 선생님의 초상화를 그리고 있었다.

걸릴 때마다, 장난삼아 그려 놓은 이런 그림을 보여 주었다. 여자일 경우에는 얼굴만 바뀐 천사 그림을, 남자일 경우에는 헤밍웨이와 같은 근육질의 사냥꾼 그림을.

교생은 부끄러운 듯 얼굴이 발개졌고, 나는 멍하니 그녀를 쳐다보았다.

며칠 뒤 그녀는 나에게 '나르지스와 골드문드'를 선물했다.
그렇지. 헤르만 헷세일 수밖에.
나는 그 책을 밤새워 읽었고, 그녀가 떠날 때, 진짜 천사의 그림을 그려 주었다.
그것은 내가 그린 최초의 천사 그림이었다.

제임스 스페이더(James Spader)의 연인

안젤라(Angela)는 영화감독을 꿈꾸는 영화 연출 전공의 대학원생이다.
내가 근무하는 프로덕션에서 인턴으로 일했다.
그녀의 아버지는 밝은 피부를 가진 아프리카 영국인의 피가 섞인 한국인, 어머니는 일본인과 프랑스인의 피가 섞인 이탈리아인이다. 안젤라는 이를 테면, 한국, 앵글로 색슨, 아프리카, 일본, 프랑스와 이탈리아가 만들어낸 위대한 코스모폴리탄인 셈이다.

"실례지만 나이가 어떻게 되세요? 전 '이십 오'인데요?"
스물 네 살 나는 일부러 두 살을 올려 '이십 육'이라고 대답했다. 난 안젤라의 눈에서 위험스런 장난기를 보았다.

"아, 그럼, 나랑 한 살 차이네요. 한 살 차이니까 뭐, 우리 친구하자"
그래서 우린 친구가 되었다.

♣

안젤라는 스티브 소더버그의 영화에 대해 리포트를 쓰다가(당연히 그의 처녀작을 봤다) 제임스 스페이더라는 미국 영화배우에

푹, 빠졌다.

"왜 하필이면, 참으로 독특하고, 복잡한 캐릭터를....."

안젤라는 고개를 끄덕였다.
제임스 스페이더라!
안젤라는 영화를 같이 보자고 말했다.
"금요일 저녁부터 월요일 아침까지 그가 나온 영화는 전부 찾아서 보는거야"
그래, 성스러운 영화 주간이지.
나는 안젤라의 머리카락을 만지면서, 이마에 입을 맞추었다.
"나는 영화만 볼 수는 없어"
안젤라는 피식, 웃는다.
수줍음은 그녀에게 어울리는 단어가 아니다.

♣

금요일 밤에 피자를 먹고, 친구에게서 빌린 대형 프로젝터 빔으로 제임스 스페이더가 출연한 영화를 보았다.
스티븐 소더버그(Steven Soderbergh)의 〈섹스 거짓말 그리고 비디오 테이프(Sex, Lie and Videotape)〉를 시작으로, 존 쿠삭(John Cusack)과 열연한 〈트루 칼라(True Colors)〉, 수잔 서랜든(Susan Sarandon)과 공연하여 인상적인 젊은이의 연기를 보여준 〈하얀 궁전(A White Palace)〉, 그리고 너무나 실망적인 캐릭터를 보여준 〈스타게이트(Stargate)〉, 그리고 조연으로 나온〈월

스트리트(Wallstreet)〉, 나이가 들면서 약간 느끼하게 변해버린 로브로우(Rob Lowe)가 나쁜 영향을 미치는 친구로 나오는 〈뱃 인플루언스(Bad Influence)〉, 데이빗 크로넨버그(David Cronenberg)의 〈크래쉬(Crash)〉까지…….
물론, 가장 압권은 Mary Gaitskil의 단편〈Bad Behavior〉을 원작으로한 Secretary.

♣

제목: 제임스 스페이더에 나타난 불안한 여피 캐릭터

그는 교사인 두 부모사이에서 전형적인 여피들이 사는 학구적인 도시인 보스톤(하바드와 MIT가 있는)에서 태어나 성장했다. 아주 지적인 외모처럼 그는 영화 속에 불안한 지식인의 캐릭터를 전형적으로 보여준다. 그의 꿈을 꾸는 듯한 눈빛과 연약하고 부드러운 목소리, 말과 말사이의 긴 공백, 깨끗하고 가볍게 물결치는 듯한 금발, 얇고 매끈한 입술선은 미국적이라기보다는 영국적이고 북방의 고요한 이미지를 나타낸다. 거기에 미국 중산층의 불안과 로맨티시즘과 망설임이 고스란히 담겨있다. 마쵸적인 강인한 이미지나 카우보이식의 터프함보다는 현재를 살아가는 지식인과 여피의 불안한 현실이 그 속에 담겨있다.

그의 캐릭터에는 대다수 미국 중산층이 보여주는 안정된 삶 속에 잠재된 위험과 표류하고 있는 현실이 담겨있다.(이것은 고인이된 스탠리 큐브릭(Stanley Kubrick)의 영화 〈Eyes Wide Shut〉

에서 드러내고자 했던 주제이다)
겉은 딱딱하고 견고해 보이나 실은 얇은 껍질에 불과한 것이며, 그 껍질 속에는 부서지기 쉬운 현실이 담겨 있음을 상징한다. (즉, 쉽게 상처받고 터져버릴 것 같은 불안감이 내재되어 있다)
그러한 캐릭터는 미국이 표상하는 세계의 보안관으로서의 역할과는 괴리될 뿐 만 아니라, 세계를 구원하거나 정의를 되살릴 수도 없어 보인다. 그가 표현하는 인물은 지속적으로 말을 더듬고, 정의와 불의 사이의 중간자로서 존재한다. 따라서 불가해한 현실의 도착적인 이상증세로부터 벗어나지 못하고, 현실과 혼돈의 세계에 각각 한 발씩을 걸쳐 있는 인물이다. 소시민적인 행복관을 가지고 조용하고 평화로운 세계를 꿈꾸지만, 현실은 혼돈과 권태, 불안과 도착으로 뒤엉켜져 있는 세계에 닿아있다. 영화 속에서 그는 누군가에게 다가서지도 못하면서 유혹과 힘에는 저항하지 못하는 불안정한 미국인의 모습을 보여준다.

숨기고 싶은 불안한 미국이 그의 캐릭터 안에 녹아있고, 마치 정형화된 껍질 속의 숨겨진 미국을 보게 만든다. 그의 화법은 미국을 수줍게 반성하게 하고, 강자의 논리에 대한 불만족스러운 순응과 연계된다. 실제로 그가 말하는 언어 하나하나가 흔들리는 미중산층의 푸념과 한숨으로 꽉 차있다. 사실 영화 속의 미국자체도 그러한 한 고독한 남자의 내면의 문제를 해결해 나가는데, 확실한 해답을 가지지 못한 것으로 보인다.(이러한 문제제기는 샘 멘데스 감독이 〈아메리카 뷰티〉에서 케빈 스페이시를 통해 매우 상징적으로 표현하고 있다)

그는 보편적이고 뚜렷한 약점을 보여주고 있기에 동정은 받으나 자괴감을 느끼게 한다. 사람은 자신의 약한 부분을 드러내기를 수치스러워한다. 배우가 자신과 동일한 고민으로 거의 파멸직전에서 간신히 빠져나올 때, 사람들은 자신의 열등감을 확인하는 것 같아 슬그머니 겁을 내는 것이다.

그의 연기는 그러한 면에서 너무도 자연스럽고 리얼하다.
겁내는 모습을 다른 사람에게 보이고 싶지 않지만, 결국 드러날 수밖에 없는 상황에 내몰리는 미국 남자들에게 수줍음이란, 죄악이기 때문이다.(왜 홍상수 영화가 떠오르는가!)

한 백인 남자를 발견하게 된다. 다른 어떤 영화배우에게도 그처럼 독특한 캐릭터를 가진 미국인의 모습을 볼 수 없다.

안젤라는 영화를 다 보고 난 후, 컴퓨터에 앉아서 꼼짝하지 않고 월요일 새벽까지 글을 썼다.
그리고 나서 깊은 잠에 빠져들었다.

♣

"난 네가 제임스 스페이더와 전혀 닮지 않았다고 생각해"
인턴이 끝나고, 안젤라는 마지막 술자리에서 내게 말했다.
남자 친구에게 할 소리는 아니다.

송별회가 끝나고 나는 안젤라를 바래다 주었다. 아파트 입구에서 안젤라는 내게 키스를 했다.

"원래, 난 연하랑 연애 안하는데, 너는 예외로 해줄게"

그리고 수줍음을 담은 눈길로 나를 쳐다보았다.

나는 가만히 고개를 끄덕였다.

그 시선은-어떤 영화 장면에서도 그려낼 수 없는 것으로, 정말 멋진 것이었다.

고의로 엿듣고자 했던 건 아니라서.

내가 여기 왜 있나
내가 왜 살아 있는가
도대체 왜 죽지 않고 살아야하는가
그걸 배울 수 있다면, 모든 공부를 끝내야 하지 않을까.

♣

뒤에 앉아 있는 남자 학생 둘이 엉덩이를 쑥 빼고 책상에 기대어 있는 여자애를 보고 킬킬거린다.
나는 뒤를 돌아본다. 머리에 노란 염색을 하고 귀에 십자가 귀걸이를 단 잘생긴 남학생 둘.

그들은 날 보고 '뭘 봐'라는 표정으로 얼굴을 찡그린다.
강의실과 세상 사이엔 틈이 너무 많이 있다. 돌이킬 수 없는 꿈의 세계, 그걸 너무 많이 믿었던 것이 잘못인가.
알면서 속는다는 것.

바로 옆 자리에 한 여학생, 이름을 휘갈겨 쓴 노트를 내놓고 교재를 꺼낸 다음 이어폰을 꽂고 연필로 책상을 두드리면서 박자를 맞추고 있다. 예쁜 얼굴이지만, 차가운 인상이다. 단절의 최선의 방책, 견고한 고립의 환각상태, 기계들에게 바치는 영혼들.

흘낏 내 책상 위에 놓인 책 제목을 쳐다보고는 다시 내 얼굴을 이리저리 살펴보고 다시 박자를 두드린다. 이어폰으로부터 둔탁한 타악기소리가 미세하게 흘러나오고, 거기에 따라 연필이 책상에 튕겨진다. 신음하는 듯한 남자의 목소리가 흘러나오고 여학생은 눈을 지긋이 감고 다리를 흔들면서 음악에 도취되어 있다.

나는 맨 뒤 자리로 옮겼다. 내 앞자리에는 한 여학생이 졸고 있다가 마침 오는 전화벨 소리에 잠이 깬다.

♣

"어제 술을 너무 많아서 마셔서 지금은 속이 꿀꿀거려. 아, 클럽에서 만난 애랑 잤지? 미친 년, 술 좀 작작 먹으라니까. 아, 그래? 걔 아빠가 판사야? 저런, 대박!. 그래, 응, 오늘도 만나기로 했다고? 기집애, 남자애들 애 좀 태우라니까, 마음을 다 보여주면 어떻게 하냐. 이 언니가 코치 좀 해줄게, 그래, 그래, 알았어. 아참, 너 지난 번 동문회 친구가 소개해 준 남자애 알지? 경제학과 3학년, 맞아, 약간 나랑 썸 생길려고 했잖아. 그런데 어제 홍대에서 일문과 여자애와 팔짱을 끼고 걸어가는 걸 봤다. 응, 맞아. 일문과에 있는 정외과 교수 딸 말이야. 아버지가 동경대 박사잖아. 거기서 태어났데. 무슨 일본 게이샤처럼 생겨가지고, 남자들이 한 번 보면 넘어가지. 그렇게 나한테 마음이 있는 것처럼 하더니만, 나쁜 자식, 어디 너 잘되나 보자, 그래도 걔 좀 괜찮았는데. 착하고, 성실하고. 괜찮은 녀석들은 다 임자가 있어. 찌질이들만 남아있지. 하긴 내가 할 일은 살 좀 빼는 일밖에 없으니까. 두 달 전에 산 청바지가 벌써 너무 꽉 껴. 저번에 만났던 키만 큰 범생이한테는 전화도 없고, 근데 저번에 랩실에서 본 영문과 애는 누구니? 아니, 약간 호리호리하게 생기고, 응, 맞아. 늘 입을 꾹 다물고 묘한 눈웃음을 치고 다니는 애. 생긴 걸 보면 벌써 기집애들이 가만 안 놔두었을 테고, 하긴 요즘 그런 놈팽이를 가만 둘 기집애들도 없지만. 아, 그래? 교환학생으로 러시아 간다고? 아, 나도 지원했었는데, 그 녀석 때문에 떨어졌구나. 심심해 죽겠어. 매일 이렇게 술마시다가 집에 들어가 멍하니 영어하고 자격증 공부만 하려니 그냥 짜증나. 아 지겹다. 지겹게 지치도록 지겹게, 어딜가나, 뭐 좀 재미있는 일 좀 없을까? 난 도대체 몇 살 쯤 결혼해야만 할까? 담배가 많이 늘었어. 요즘 글쎄 어제는 커피숍에서 담배 한 갑을 다 피웠다. 이게 살덩어리 다만 600g만 먹어주었으면 좋겠구만. 아버지가 알면 날 아마 찢어 죽이려고 할 걸, 엄마가 알면 틀림없이 마귀 들렸다고 할 테고. 아, 아참, 그리고 지난 번 프로젝트 한거 말이야. 리더 오빠한테 연락왔는데, 이번에 공모전 입상이 유력할거래. 고생한 것 치고는 괜찮지? 그래 리더 오빠가 수고했지, 오빠 어떻냐고? 예비역 오빠라서 마음이 좀 그렇긴 한데, 왠지 그냥 계속 수갑채울까봐 좀 가까이 가는 건 그저 그래. 응, 같이 잤냐고? 미친 년. 흐흐 그 얘긴 나중에 하자. 응, 이번 프로젝트 잘 되면 다음 공모전에도 끼워 준댔어. 어쨌든 오빠하는 대로 따라 가야지. 응, 이따가 화장실에서 담배 좀 줘. 응.응. 응”

♣

나는 갑자기 기침을 했다.

목이 따끔거리면서, 크게 재채기를 했다.

전화를 하던 여학생이 갑자기 휙, 돌아본다.

뒤에서 멀뚱하게 앉아 있는 나를, 이제야 인식했다.

"뭐하세요?"

무서운 얼굴로 잡아먹을 듯 노려본다.

오, 맙소사!

"저, 그냥 있었는데요."

나는 얼버무린다.

고의로 엿들은 것은 아닌데요. 네네, 그렇답니다.

Stay On These Road

대학 시절 가끔 카페에서 피아노를 치곤했다.
그 날도 나는 싱글 몰트 위스키 글렌피딕 한 잔을 마시고, 피아노를 연주했다.(맨 정신에는 어렵다. 약간의 무대 공포증을 갖고 있기 때문이다). 피아노 연주가 끝나고 스물 한 명 중 열 명이 박수를 쳤다.
과반수가 넘지 않는다.
부결이다.
그래도, 나는 천천히 고개를 숙여 인사를 했다.

“곡의 이름이 뭐죠?”
뒤쪽 테이블에 있던 한 여자가 물었다.
“Stay On These Road”이라는 곡으로 노르웨이 밴드 아하(A-ha)의 곡이랍니다.
노르웨이라.

헨리크 입센 (Herik Ibsen)
에두아르드 뭉크 (Edvard Munch)
그리그 (Edvard Greig)
아문센과 난센(Amunsen and Nansen)
노벨 (Nobel)
페테르센 (Morten Gamst Pedersen)

그리고 아하 (A-ha)의 나라.

피요르드식 해안이 있는 북구의 나라. 카페와 어울리는 군. 팝 그룹이 그 나라 출신이었지, 아마. 멋진 남성 트리오가 있었지.
"그 트리오를 아세요?"
나는 그녀에게 물어보았었다.
"물론, 알지요. 그런 쿨한 놈들을 놓칠 리가 있겠어요?"
그녀의 눈에는 어떤 욕망도, 친절함도, 호기심도 없다.
친절하지만, 깨끗하게 감정이 탈색된 목소리다. 상관없다.
사실, 나도 그녀와 자고 싶은 생각은 생기지 않았다.

♣

한 주가 지난 후, 나는 똑같은 곡을 연주했고, 그녀는 한 잔의 몰트 위스키를 가지고 다가왔다.
"마침 목이 마른 참이었어요"
나는 감사인사를 했다.
여자는 친절하게 웃었고, 역시, 탈색된 감정의 눈으로 쳐다보았다.

"이름이 뭐죠?"
"레 미제라블(Les Miserables)"
"엉뚱하군요, 장난을 할 때는 하는 것처럼 보여야지"
나는 그녀를 살펴보았다. 흰 실크 브라우스가 조명에 반짝거렸다.

투명한 아이보리 색의 롱스커트, 갈색의 머리와 얇은 입술이 어딘지 모르게 이국적인 느낌을 주었다.
잠시 침묵이 흘렀다.

"당신은 아직 학생이지?"
나는 고개를 끄덕였다.
"뭘 전공하지?"
"섹스"

♣

그녀가 남자를 눈여겨 본 것은, 몇 달 전부터였다.
유달리 키가 큰 학생이 언제나 다른 여자들을 데리고 카페에 왔다. 여자는 고개를 흔들고 찬찬히 〈레미제라블〉을 훑어보았다.
숱이 많은 고수머리에 가는 팔과 손목, 그리고 수심이 깊은 눈.
말없이 벨아미를 읽고 있는 저 괴물같은 청년.
천차만별의 여자애들이었다.
키가 작은 여자, 키가 큰 여자, 머리가 붉은 색인 여자, 머리가 짧은 여자, 창녀처럼 헤퍼 보이는 여자, 수녀처럼 순수해 보이는 여자, 검은 피부의 여자, 뚱뚱하고 백치미를 흘리는 백인 여자, 몇 달 사이에 매 번 다른 여자들과 카페에 들렀다.
마치 여자 수집가처럼 그 많은 여자들을 어떻게 매번 데리고 올 수 있는지, 별 매력도 없는 한 남자에게서 어떻게 그처럼 많은 여자가 달라붙는 지 수수께끼였다.

여자는 호기심으로 카페 주인에게 물어보았다.
카페 주인은 그 후 언젠가 그런 말을 했었다.
"코드에요."
"코드?"
"녀석은 그 코드를 알고 있어요. 여자들이 뭘 원하는 지- 그가 진실로 관심이 있는지 모르지만- 그는 그 코드를 알고 있어요. 나름대로 그 코드를 정립해 놓고 있어서, 그 코드를 편할 때 써 보는 것 같아요."

카페주인이 그렇게 말했을 때, 여자는 그와 〈오르곤 박스〉사이의 확신할 수 없는 동질성을 떠올렸다.

♣

나는 잠시 여자를 쳐다보았다.
여자는 여전히 나의 시선을 피해 커피잔에 시선을 떨구고 있었다. 내가 여자에 대해서 알고 있는 사실은 어떠한 경험으로부터 유출된 것은 아니었다.
하지만, '여자의 삼십 대'란 언제나 모호하다.
잡을 수 있는 꿈의 조각들은 이미 날아가 버리고 그 꿈이 날아간 자리를 우두커니 바라만 보고 있다는 걸 누구든 알아주기 원한다.
대체 어디로 가버렸을까? 모든 걸 기억하고 싶다거나 모든 걸 잊고 싶다.

'아직도 살아있다. 그러나 죽음보다 더한 이 공허감은 무엇인가?'
차라리 이렇게 모욕하는 일말의 비수같은 대화를 그리워한다.
나는 그녀를 상처 줌으로써 그녀를 사랑하는 방법을 택했다.

"처음인 것처럼 행동해"
그녀가 나의 입술을 핥으며 말한다.
"도대체 왜 주저하는 거야?"
그녀가 앞으로 다가와 가슴으로 안는다.
매끄러운 젖살 냄새, 말랑말랑한 입술, 통제를 잃어버린 혀는 안으로 안으로 들어가려고 한다.
아련한 배고픔, 그녀의 몸 전체를 탐하고 이 배고픔을 채우기 위해 그녀의 살을 물어뜯을 듯 달려들었다.

"부드럽게, 프랑스인처럼"
그녀는 얼굴을 찡그리며 비명을 지른다.
하지만 들은 체도 하지 않고 그녀의 입술을 덮는다.

"서둘 것 없어."
하긴, 나도 서둘고 싶지 않다.

♣

나는 카페의 창을 통해 지나가는 사람들을 보았다.
이 곳, 서울, 신비한 도시, 사랑하고 싶지만, 영 정이 붙지 않은 도시.

도시인들.

카페 밖에서 마치 거울처럼 자신의 모습을 비추어 보고 가는 사람들. 바보들. 원숭이들. 자신을 제로로 만들고 싶어 안달하는 사람들.

비추어라, 해야.

삶을 찬란하게 비추어라.

구경하는 일, 그들의 삶을 조금이라도 가까이에서 보고 싶었다.

삶의 비참한 바닥을 깨끗이 닦고, 시원한 바람에 소매를 걷어 올리고 혀로 입술을 핥고 "행운찾기" 게임에 열중을 하면서 신문을 펼쳐서 구석구석 삶의 오자(誤字)를 찾아보는 일.

"더 이상 어두운 곳에서 밝은 곳을 바라보는 유리한 입장에 놓여 있지 않습니다. 우리는 밝은 곳에서 어두운 곳을 응시하기도 하고 우리가 응시되기도 합니다. 우리는 한 지붕 밑에서 다른 각도로 보고 있는 사람들이죠."

잠깐 사귀었던 대학로 여배우가 말했었다.

어떠한 사실도 우리를 긴장시키지 못한다.

채워야할 희망의 단지들은 셀 수 없이 많은 불행으로 목까지 가득 차 있다. 아무도 다 채워놓은 모래시계를 거꾸로 엎어 놓지 않는다.

그런 짓이 아무 소용없다는 걸 알기 때문이다.

별은 빛나건만, 이 세상 어딘가에서 셰익스피어극이 상연되고 있다고 해서, 또 누군가 한 여자의 품에 안겨 세상을 다 가진 듯한 행복감에 취해있다고 해도 삶의 의미를 '찾아 매달릴 필요'가 없다는 걸, 시간이 점점 흘러가면서 절실하게 깨닫게 되기 때문이다. 불일치 속에서 어딘가 틈 없이 맞아 들어가는 리듬같은, 오묘한 화음이 들린다. 그것은, 자연스럽지 않지만 어긋나지 않는, 공유점이 도대체 보이지 않지만 동일한 빛깔을 함축하는, 굴곡과 평면사이의 여백으로 남는 어긋남의 조화였다. 나와 여자 사이에 떠도는 혼란스러운 공감은 떠남의 욕망때문이었다.

"네가 가진 가치는 뭐야?"
"난 솔직히 내 자신이 맘에 드는 구석이 없어, 난 내가 싫어. 늙어버릴 내 육체가 싫고, 고통을 정당화하는 얄팍한 내 양심이 싫어."
"괜찮아. 지금까지는 잘 해왔잖아."
"그게 더 마음에 걸려. 이런 일을 도대체 잘 해내야 하는 거야?"
"천사처럼 잘 하면서, 그걸."
그녀는 날카로운 칼빛의 눈초리로 나를 쳐다보았다.
가끔, 그녀의 그런 눈초리에 등골이 오싹하는 걸 느꼈다.

여자는 칼을 갈고 있지, 마음을 단숨에 베어버릴 찬란한 빛의 칼, 칼이 허파를 자르고 위를 도려내도, 입속에 넣고 싶은 칼을 갈고 있지, 늘 칼을 갈고 있지 어디서 그녀는 칼을 휘둘러 보았을까?

"생각을 하지 않고 하루 정도만 견딜 수 있다면"
그녀는 잠시 피아노소리에 귀를 기울였다.

"새빨간 거짓말을 아주 쉽게 해버릴 때가 있어."

♣

"우리 같이 떠날까?" 여자는 언젠가 내게 물었다.
"어디 갈 건데?"
"어디든, 여기가 아니라면 어디든 좋아."
내가 대답하기도 전에, 여자는 아무 말도 없이 훌쩍, 노르웨이를 향해 떠나버렸다. 하지만 나는 여기에 머물러 있다.

지금도 가끔 나는 이 곡을 연주한다.
이 길에 머물러 달라(Stay On These Road)고 피아노는 말한다.

한 번도 죽어보지 못했다. 그것이 억울하다.

'한 번도 죽어보지 못했다.'
나는 이런 글귀를 벽에 적었다.
죽음에 관해서 구체적으로 어떤 것을 생각한 것이 아니라 그저 입밖으로 이런 말이 '툭'하고 튀어나왔다고 하는 편이 맞는 표현이다.
툭, 툭, 툭.

사실 이 말의 의미가 자살에 관한 묘한 뉘앙스를 풍기고 있다고 생각했다. 자신이 무엇에 의해 완벽하게 통제 당한다고 생각하는 시기가 있다. 적어도 자신에게는, 어떤 알 수 없는 힘에 의해 의식이 통제되는 시기가 있었다.
그 시기에 죽음에 집착했다.
태어남도 죽음도 의지가 아니었다.

'그것이 억울하다'

나는 한참동안 그 글귀, 아니 따옴표 속 신호를 보았다.
흰 백묵으로 써진 그 글귀는 마치 이상한 형태의 고대문자를 연상시켰다.
분명 그것은 뜻을 이해할 만한 글귀임에도 불구하고 이 이상한 글귀가 마법사의 주문으로 보였다.

♣

빛이 창가에 긴 혀를 내밀고 있다.
살바도르 달리식(Salvador Dali)으로 표현하면 그렇다.
오래된 비유나 건조한 상징의 시대는 수없이 반복되어왔다.

계절이 순식간에 바뀌듯 우리를 매력적으로 보이게 했던 "삶의 문체"들은 마냥 흔들리고 마는 것이다. 그 속에는 이유모를 학생들의 패배주의라든가 서구 소설을 읽는 작가지망생들의 편식주의라든가 싸구려 영화관에 묻힌 느와르 필름이 함께 흔들리고 있는 것이다.

바람에 영혼이 흔들린다. 그래도 살아 있다. 어리면서도 질긴 싸움을 위해 언제든지 써먹을 오른 손 어퍼컷을 가슴 깊숙이 숨기고 있는 무명복서처럼....

'Death is very likely the single best invention of Life'
잡스(S. Jobs)는 말했다. 그리고 얼마 후 세상을 떠났다.

눈물 많은 골목대장이여, 지금 어디 있는가

〈눈물의 아이〉는 유년의 골목을 상상한다.

저녁 무렵 아이들이 엄마가 부르는 소리에 모두 집으로 돌아간다. 저녁놀이 골목 안까지 뻗쳐온다. 유난히 넓고 길어보였던 골목 안에 붉은 노을이 멋진 벽화로 걸린다. 〈눈물의 아이〉는 홀로 골목 어느 쯤에나 있는 모래더미 위에 누워 황홀한 풍경을 올려다 본다.

〈눈물의 아이〉는 일찍부터 자신만의 풍경을 소유하려고 했다. 차가운 모래를 양손으로 쥐었다가 스르르 손아귀로부터 빠져 나가는 기분을 좋아했다. 얕은 콧소리로 노래를 흥얼거리면서 싫증도 내지 않고 아름다운 노을에 자신을 내맡겼다.

하루 종일 아이들의 재잘거리는 소리, 골목 안으로 들어오는 번데기 장사, 회전목마를 돌리는 아저씨, 플라스틱으로 만든 과일 잔치상 위에서 조잡한 백일, 돐기념 간판 사진을 찍는 사람, 화장지를 팔러 다니는 행상, 어디서나 볼 수 있던 길을 잃고 울던 미아들, 판자로 만든 기다란 위자에 앉아 막걸리 내기 장기를 두던 검버섯 얼굴의 할아버지들이 상설 공연처럼 막이 올랐다가 막을 내리는 저녁이 되면, 〈눈물의 아이〉는 누구에게 양보할 수 없는 강한 소유욕으로 골목과 노을을 자신의 것으로 만들었다.

노을이 서서히 사라지고 밤하늘에 별이 하나 둘씩 선명하게 나타낼 쯤 되면 아이의 가슴에도 숨어 있던 초롱한 별이 떴다. 저녁과 밤은 아이에게 그런 식으로 유일한 친구가 되어 주었다. 낮 동안 짜증날 정도로 울음이 많고, 겁이 많고, 수줍어하는 약골의 한 아이는 저녁과 밤이 편안한 안식처요, 도피성이 되었던 그 골목의 주인으로 나타나곤 했다.

늦게 들어온다며 꾸지람을 하지 않은 어머니는 이미 이 아이의 물기 많은 눈 속에서 별이 흐르는 저녁의 이미지를 발견했는지도 모르겠다. 말없이 엄마가 잠들어 있는 방에 들어가 벅찬 가슴으로 잠든 엄마의 숨소리를 듣고 모르페우스의 세계로 들어가면 그날은 잊을 수 없이 행복한 날이었다.

비가 오는 날은 또 어떠했는지, 그건 더할 나위 없이 아슬아슬한 격정의 한 장을 장식한다. 방랑자인 형이 아직 여행에서 돌아오지 않으면, 아이는 운동장처럼 넓어 보이던 그 방 책상위로 올라가 허공을 가르던 비가 유리창 표면에 부딪혀 떨어지면서 그려내는 신기한 무늬들을 보았다.

비엔 독특한 소리와 냄새가 있다. 곤하게 잠이 들어 있을 때에도 비가 오면 눈이 떠졌다. 가슴에 가만히 손을 대면 가슴과 목으로부터 올라오는 따뜻한 온기가 꿈틀거리는 것이 느껴졌다. 비를 만질 때면 손끝에서 느껴지는 상쾌함이 짜릿한 전율을 일으켰다. 수분에 굶주려 있던 풀잎들이 물을 빨아들이듯 몸은 비를 빨아들였다. 빗물에 닿기 위해 앞으로 입술을 내밀고, 비와

입맞춤을 했다. 빗물의 리듬을 음표 하나까지 기억하려고 아이는 귀를 기울였다.

커다란 방에서 홀로 비의 전부를 감지하는 일은 거룩한 유년의 의식이었다. 이 의식이 기억의 울림 속에 간직되어 있다. 지금 차디찬 현실의 바닥에 누워 온몸을 떨고 있는 남자는 그 기억의 통로를 따라 간다.

남자는 시대가 殺氣를 띠면서 엄청난 속도로 코앞을 지나쳐간 상황을 반추하고 있다. 누군가는 그 속도에 편승해서 한 몫 잡았거나 정치권으로부터 러브콜을 받기도 했다. 하지만 그는 현실에서 늘 멈칫거렸다. 불분명한 갈림길에서 옳은 선택을 하지도 못했고, 출구를 제대로 찾지도 못했다. 그는 〈눈물의 아이〉가 뛰노는 기억의 입구 앞에서 더 이상 앞으로 가려고 하지 않았다.

무엇을 더 이상 용인하고, 무엇을 더 이상 기대할 수 있을 것인가. 자신의 운명에 대해서 천사를 만나 협상을 한다거나 악마의 발꿈치를 잘라버리는 일 따위는 잊은 지 오래되었다.

세월의 무게가 더해질수록 삶의 우연성에 더 많은 관심을 가지게 되었다. 이전의 노력들이-현실에서는 궁핍하게 살아가는 길로 이르게 하는-잘못된 습관에 불과했다는 것을 깨닫게 되었다.

찬란한 시대의 벽화가 혼란한 낙서로 변질되어가고, 이제는 더 이상 이해할 수 없는 추상화로 남게 된 것에 안타까워하는 동안, 아련하게도 〈눈물의 아이〉는 차라리 고요한 침묵으로 이 모든 것을 이해하라고 말하고 있다.

긴 탄식과 같은 아르페지오

스물 넷.
로커가 아닌 젊은 남자가 죽기에는 너무 이른 나이다. 녀석은 작은 록밴드의 베이시스트였다. 말하자면, 대단한 로커도 아니었다는 이야기다. 그러나 어떤 로커보다 일찍 죽었다. 음악은 남고, 젊은이는 죽는다. 죽은 자는 모르겠지만, 이런 죽음은 살아남은 자들에게 알 수 없는 죄책감을 심어놓는다.

그는 많은 사람들과의 친교가 자신이 가진 본성을 퇴색시켰다고 믿고 있는 사람 중에 한 명이었다. 그는 죽기 전 마지막까지 베이스를 치면서 곡을 만들고 있었다. 최우수 성적으로 학교에 입학했고, 강의에 거의 출석한 적이 없었지만, 언제나 수석을 놓치지 않았기 때문에 일원 한 푼도 학교에 내지 않고 장학생으로 4년간을 다녔다.

그는 늘 찡그린 얼굴을 하고 있었는데, 지독한 근시였음에도 불구하고 일부러 안경을 벗고 다녔기 때문이었다. 그는 모든 감각을 차단하고자 했다.

'올바른 시력으로는 불분명한 주변을 볼 수 없다. 세상은 관찰한 무엇이 되지 못해. 그리고 너무 많은 걸 보아도 이해 못 할 일이잖아. 본 걸 모두 염두에 둔다면 정말 살아남지 못할거야'

그는 작은 소리에도 민감하게 반응해서 언제나 귀마개를 하면서 다녔다. 패트릭 쥐스킨트 〈향수〉의 주인공처럼 무향을 고수했다. 그리고 내가 아는 한 어떠한 여자와 성적 관계를 맺은 적이 없었다. 그러한 노력에도 불구하고, 살아남지 못했다. 그래, 어떤 감각을 차단하려고해도 현실의 공기로부터 벗어날 수는 없었다. 현실은 그의 폐에 침투해서 자극적인 이물질을 투입시켰다. 예민한 신경을 자극하는 공기를 정화하기 위해 그의 에너지는 소진되었다.

“따분한 음악으로부터 벗어날 시간이 온 것 같군. 죽음은 원래 변주의 세계로 가는 길이니까 ”

그가 죽기 전에 마지막으로 한 말이다.

요절이란, 미완성된 음악과도 같다.
그도 -젊어서 죽은 많은 사람들처럼- 하나의 미완성 음악을 남겨놓은 셈이다.
남아있는 자들이 부르는 탄식과 같은 아르페지오.
그 음악은 살아남은 자들에 의해 지속적으로 변주된다.

강의실의 미로

크레타 섬에서는 지중해를 지배하고 있던 미노스왕이 궁정의 기사인 다이달로스에게 명하여 미궁을 만들게 하고 있었다. 다이달로스는 왕이 명하는 대로 한 번 들어서면 두 번 다시 밖으로 나올 수 없는 복잡한 미로로 이루어진 미궁을 만들어 내었다. 다이달로스는 그 나라부터 추방되어 고독하게 죽어갔다.

♣

내가 다니던 학교는 미로로 설계된 건물이 있다.
우연히 강의실을 두리번거리다가 그 복도로 들어섰을 때, 방마다 쓰인 교수명을 훑어보다가 조용한 복도에서 자기 혼자 들어와 있다는 생각을 하면 얼른 그 복도에서 벗어나려고 하지만, 입구를 통해서 나올 때까지 텅빈 복도에 울리는 자신의 발자국소리, 금방이라도 천장에서 창살이 내려와 앞을 막을 것같은 불안감, 그 동굴에 숨어 있기도 한 것 같은 교수들에 관한 신비감으로 길을 잃게 된다.

미로의 구조는 다음과 같다.

복도에서 보면 왼쪽으로 지그재그식으로 이어진 계단이 있고 오른쪽에는 앉아서 쉴 수 있는 의자들이 놓여있고, 그런 구조는 반대편 복도 입구도 동일하다. 반대편 입구는 막힌 복도가 아니라 또 다른 강의실로 통하는 짧은 복도가 있고 다시 그 복도에서 조금 더 가면 다시 아래쪽으로 통하는 계단이 있는데, 그 계단을 내려가면 반대편 복도에서 이어진 계단으로 통하지 않는 또 다른 복도가 나온다. 그 복도에는 바깥으로 통하는 문이 두 개가 있고 강의실이 왼쪽 벽과 오른 쪽 벽에 정면을 보고 붙어 있고 그 정면으로 들어가서 다시 계단을 타고 올라가면 이번엔 이층으로 연결된 방이 보이고 다시 계단을 오르면 이 번엔 막힌 벽이 보이게 된다. 즉, 이 건물은 어디로 가더라도 이어진 통로를 발견하지 못하고 막힌 벽에 이르게끔 설계가 되어있다. 어떤 강의실을 찾아가기 위해 건물 입구부터 들어가서 복도를 따라가면 한 동안 끝없는 미로를 헤매게 된다. 한 쪽 벽에 이르는 작은 계단 옆에는 고시공부를 하는 학생들을 위한 작은 도서실이 있고, 그 계단과 계단 사이의 작은 공간에서는 도서관으로 가는 길을 내다볼 수 있는 작은 창이 있다.

미로의 끝에서-가끔 도서실에서 나오는 학생들이 나를 보고 놀라기는 하지만 -그들은 대부분 돌아다니는 법이 없기 때문에 정말 아무도 오지 않는 장소에서 나는 혼자만의 책읽기와 사색을 즐기기도 하였다. 어떤 때는 아침 아홉시부터 오후 다섯시까지 꼼짝하지 않고 즐거운 시간을 보내기도 하는 것이다.

내 은신처의 창에는 나만이 알아볼 수 있도록 여러 가지 문자를 적어 놓기도 했다. 적어도 수위에게 들키기 전까지는 내 자신이 생각하는 시간의 흐름을 기록해 놓을 수 있었다.

♣

☞ 3월 4일. 바람이 불고 햇빛은 강렬함.
학생들의 수준이란 대학생에 한해서만 말한다고 하더라도 어떤 입문서등은 필요하지 않지만 그 경계선까지는 이르지 못한 사람들인 것이다.

☞ 3월 12일. 고양이 껍질같은 날씨.
시몬느 베이유의 "신을 기다리며"에 쓰인 한마디
'페스트에 휩쓸린 마을이 의사를 필요로 하듯 세계가 천재성을 지닌 성인을 필요로 하는 시대'
그녀가 말한 대로라면 지금까지 왔던 도덕적 천재들이 신으로 불리우고 있다는 얘기가 되는 것인가? 그래, 우리는 지금 페스트에 만연되어 있지는 않지만 어떤 의사도 치유할 수 없는 다른 병마에 시달리고 있다. 모태 신앙이라는 것은 얼마나 깊은 편견을 모태에서 영양분과 함께 수혈받는가

☞ 4월 14일 쥐꼬리만큼만 해가 비치는 날씨.
모두들 썩어가는 육체와 썩어가는 냄새를 풍기고 있는 데 타조처럼 비겁하게 머리만 숨기려고 한다. 비정상적인 욕망으로부터의 소외는 얼마나 즐거운가. '과도한 흥분은 미적 상태가 아니다' 진정으로 예술적으로 아름다운 누드는 성적흥분을 일으키지 않는다. 그렇다면 내 심미안은 얼마나 저속해져 있고 욕망의 변질로 인해 타락해 있는 것인가. 포르노그라피와 예술을 구별 못할 심미안이라면 이젠 갈데까지 간 것일까?

☞ 4월 27일. 변화무쌍한 날씨 장풍정도의 바람!
내 영혼의 하싯슈 = 한 없는 게으름과 지구 몰락의 예언.

☞ 4월 30일. 떠돌아 다니는 비 (비난받을 만한 날씨란 없다.)
권고와 강제의 차이는 궁극적으로 담론주체자의 위선여부에 달려있다.

☞ 5월 5일. 날씨 없음.
나는 이제 내가 가진 두 권의 노트를 찢어 버린다. 의미없고 덜된 글들, 글 따위를 써서 뭘 해. 이건 거짓말일까

☞ 5월 18일. 날씨는 윈턴 마샬리스(Wynton Marsalis)와 데이비드 란츠(David Lanz)의 결합
인간들은 모두 재떨이 속에 머리를 처박은 담배꽁초 같은 놈들이라구. 그러니까 몸속에 재만 잔뜩 채워놓고 다니는 것이지. 말해 놓고 보니깐 지나치게 엘리어트 적이라는 생각이 드네.

☞ 5월 22일, 정상적인 지극히 정상적인 비
자신의 흔적을 남기고 싶어하는 20대는 차라리 건전하다. 아무도 들어주지 않는 노래라든가 아무도 읽어주지 않는 책을 쓴다든가 아무도 보러오지 않는 그림을 그린다든가 하는 일이라는 게 20대라는 시기에 분명 중요한 의미를 지닌다.

♣

이 글을 마지막으로 나는 미로에서 쫓겨났다. 온화하게 생긴 50대 초반의 수위는 학교건물을 훼손했다며 더 지독한 꼴을 보고 싶지 않으면 자리를 떠나라고, 다시는 이런 짓을 하지 말라고 경고했다.
그는 그것이 크나큰 성과라도 되는 듯이 어깨에 힘을 주고 걸어 나갔다가 얼마 후 봉걸레를 들고 나타나 벽에 있는 낙서들을 닦아내고 그래도 소용이 없자 이튿날 새로 페인트를 칠해버렸다.

고시원에 있던 학생들은 시끄러운 소란에 잠시 몰려나와서 그들 주변에 이상한 남자가 이제 사라져 버린다는 사실에 대해서 만면의 미소를 띠고 즐거워했다. 나는 다만 거추장스러운 존재에서 무관심한 존재로 변해가고 있었다.

하지만, 난 확신하고 있다. 여전히 그 미로는 남아있을 것이고, 누군가에 의해 점령될 것이다. 10년 후가 되었든, 그 이후가 되었든.

방공호에서 생존하는 법

우리가 찾는 것은 과연 자유인가?
우리가 증명할 수 있는 것 또한 자유인가?

프랑스 철학자 알랭(Alain)은 '자유의 증명은 자유를 말살할지도 모른다'로 지적했다. 어쩌면 지금 시대에 매우 유효한 지적이다.

♣

나는 맥주를 시키고, 도서관에서 막 빌려온 에티카를 읽기 시작했다.
좋은 카페군, 전쟁이 나면 이런 곳에서 밤새도록 책을 읽다가 풀 수 없는 암호를 만들고 싶어.
밖에는 총소리와 대포소리가 울리고, 비상사태를 알리는 사이렌 소리가 울리고 정전이 되서 어두워진 카페에서 책을 읽고 싶어.

상대는? 화성과 목성이 좋겠어.

화성의 인해 전술과 목성의 최신 무기와의 전쟁.
전쟁에 참가하고 싶어.
커트 코베인의 목소리를 들으면서, 허공을 향해 총을 쏘고 싶어.
곳곳에 널려진 시체를 밟고 넘어서, 새로운 적을 향해 진군하고 싶어. 간간히 쉬면서 모르핀 주사를 맞으면서, 총을 질질 끌면서 적군의 심장을 노리고 싶어.
그리스와 프랑스 용병에게 작전을 지시하고, 레이다망에 걸린 적비행기를 향해 대공포를 쏘아 대는거야.

재미있을 것 같지 않아?
담배껌을 씹으면서, 여기저기 몸에 박힌 파편을 칼로 도려내면서 말야. 온 몸에 유자같은 수류탄을 주렁주렁 달고, 교회에 숨어드는 거지. 교회에 피난 온 사람들을 향해, 우리가 하늘의 군대라고 외치면서. 뉴욕타임즈 기자에게 전황을 설명하면서 말야. 뒤로 손을 묶인 적군에게 총검을 들이대면서, 천사와 같은 목소리로, 살려면 네 군대에 대한 정보를 모두 털어 놔.

'네가 가진 이용가치를 한 번 보여봐.'
사장은 새로운 직원을 충원할 때마다 말했다. 오묘하고 혼란스러운 상황을 제대로 판단할 수 있는 정신력, 신체적 강건함 등이 요구된다. 자본주의 전쟁에서 살아남기 위해서는.

CHAPTER 04

쾨벤하운(Kø benhavn)에서 온 편지

삶처럼 사랑에도 〈매뉴얼〉이란 존재하지 않는다.
현재, 모든 사랑이 정치와 연관되어 있다.
지배와 종속, 시스템과 프로세스 안에서 움직인다.

D.H. 로렌스(D.H.Lawrence), 전략적 시뮬레이션

이 시대는 전략적인 디자인을 사랑에 적용한다.
알고리즘의 얼개 안에서 사랑을 시험한다.
사랑의 실험쥐가 되기 원하는 자는 누구인가.
도구를 고안하고 장치를 설치하면 사랑이 얻어진다고 믿는 자는 누구인가.

♣

'실존적 자각 없는 사랑은 서로에게 파멸을 가져온다.'

이것이 오염되지 않는 원시적 생(生)을 추구한 태양의 사도이며, 사랑에 관한 한 누구보다 진지한 남자, D.H 로렌스가 쓴 소설 '사랑하는 여인들(Women In Love)' 주제다.

소설 속의 두 주인공, 관능적인 남자 제럴드(Gerald)와 연인 거드룬(Gudrun)은 둘 사이에 흐르는 지배와 정복의 원리를 통해 파괴된다. 숫사자인 남자가 암사자인 여자를 파괴하고, 스스로도 파괴한다.
왜 파괴할 수밖에 없었을까?
두 사람은 자본주의적이고 기계적인 인간들의 표본이었기 때문이다. 속물적 자본주의와 기계적, 물질적 시스템 속에서 두 사람은 지배-종속-시스템과 극대화된 효율성이 인간관계에서 적용될 수 있을 것이라 착각했던 것이다.

지금 우리는 로렌스가 그토록 혐오했던 실리와 타산의 세계에서 단 한 발자국도 벗어날 수 없다.
인정하기 싫지만, 우리는 데이터가 가득한 알고리즘 안에서 상대를 판단하고 있다.

'사랑이 측정될 수 없으면, 거래될 수 없다.'
당신의 Valuation(가치평가)은 얼마인가?
당신, 진정 사랑하고 있는 것 같지만, 스스로를 잃어가고 있다.
사랑에 대한 진지함은 점점 엷어지고, 욕정은 안개처럼 우리를 감싼다.

♣

사랑은 전략 시뮬레이션이다.
마키아벨리, 체사레 드 보르지아, 발티사르 그라시안, 제임스 본드, 주제 무리뉴 같은 인물들의 세계다.
① 먼저 목표물을 포착하고 데이터를 분석하고 연산을 하고 난 후
② 정보를 〈OK〉하면 그대로 가슴으로 내려보내고
③ 〈NO〉 하면 가슴으로 내려가기 전에 차단당한다.
(고교 수학 때 배웠던 논리함수와 〈순서도〉를 떠올리면 된다)

사랑은 알고리즘이다.
성공 가능성의 확률과 최적화된 방법론의 조합이다.
일단 데이터를 분석한 후 오케이 하더라도 더 많은 정보를 수집하고 캐내고 시뮬레이션까지 거친 후 마음을 완전히 열어젖힐 때까지 가슴보다 머리가 더 바빠진다.(그걸 어떤 후배는 프로그래밍적인 연애라고 말하곤 했다.)

♣

지금은 이전 세대보다 더 보수적으로 보인다. 사랑을 빙자한 결혼이라는 교환에서 말이다. 이젠 첫 눈에 반하는 사랑과 평생을 같이하는 경우가 드물고, 자진해서 결혼상담소나 짝짓기 회사에서 사랑을 찾아 돌아다닌다.

한결같이 그들의 대답은 "위험하니까"이다.
간단히 말해서 사랑은 원래 위험한 것이다!

사랑의 기본적인 기호조차 심장을 본 떠 만들었고, 큐피트의 화살도 심장을 향해 쏜다. 가슴에서 뿜어져 나오는 피가 우리의 몸을 천천히 순환하고 그 때마다 사랑도 우리의 몸을 덥혀주는 것이다.

실존적 개인이 서로 만나는 사랑이 우리가 생각하는 사랑에 훨씬 가깝다는 것이다.

시간이 필요하다.
사랑은 다른 모든 것처럼 서두르면 그르치기 쉽다.

♣

누군가 객관적인 틀에 맞추어진 사람들을 모아주기를 바라는 것 같다. 전략적 시뮬레이션을 신봉하는 공학도들은 빅데이터(Big Data) 속에서 솔루션을 찾는다.

기계로 사랑을 찾는 시대, 더욱 정치적이고, 더욱 과학적인 사랑을 위하여.

사랑에는 틀린 답이 없다.
그저 행복하기만을 바랄 뿐.
Love and Peace.

집착이라는 숲

사랑에는 그늘이 있다
당신의 그늘이 어두운 것은 외로움 때문이다.
한 발짝, 한 발짝,
숲의 심장으로 들어가면 나오기 힘들다.
오, 제발. 이제는 숲에서 벗어나세요.
저는 당신이 집착의 그늘에서 벗어날 수 있기를 바란답니다.

♣

사랑과 집착을 구분할 수 있을까. 인도식으로 표현하면, 한 개의 먼지를 1억 분의 1로 나눈 차이 정도다.(집착의 경험자들은 이 말 뜻을 이해한다.) 집착하지 않으면 사랑하고 있지 않다고 믿는다. 그래서 나와 너는 불안하다. 사랑이 집착의 늪에 빠져버리면, 어떻게 사랑의 거리를 측정할 수 있는가?(나와 너의 좌표 사이의 거리는 유클리드적으로 산출하기 어렵다.)

주의를 의식하지 않게 되고 거리를 둘 수 없게 된다.
사랑을 열정으로 받아들이는가, 집착으로 느끼느냐
상황이 조금 다를 뿐이지.

♣

피리부는 소년은 대학 신입생 환영회에서 만난 동급생 소녀를 사랑하게 되었다.

백장이 넘는 편지
백통이 넘는 전화
백잔이 넘는 술
백일이 넘는 불면의 밤
백번이 넘게 듣는 음악
셀 수 없이 되뇌는 이름
수 없이 걸었던 동행의 길들

소녀는 정열적인 소년의 사랑을 받아들이지 않았다.
첫 사랑은 이루어지지 않는다지만, 이러한 상처는 도대체 쉽게 아물지 않는다.

♣

세상은 어둡다.
무수한 이야기가 있지만, 마음을 밝혀줄 이야기는 없는 것 같다.
진심과 애태우는 마음이 구석으로 몰린다.
절망의 임계점을 넘어가고, 열정이 집착으로 변한다.
딱딱함이란, 그 어떤 손길로도 부드러워지지 않는다.

스스로를 감옥에 가두고 나오지 않는다.
대부분의 소년들은 첫사랑의 처참한 실패 후 자기 혐오의 시기를 겪지.
사랑을 비웃고 사랑을 회피하고, 도망 다닌다.
매력적인 소년이라면, 이런 시기에 한 소녀에게 상처를 준다. 사랑은 큰 테두리 안에서, 끊임없이 자전한다.

♣

그들은 추락을 경험해보지 못한 새들.
사랑은 얼마나 잔인한 것인가.

상처를 간직한 소년은 침묵으로 아픔을 드러내지.
한 해가 지나고 한 소녀의 열병이 시작되었다. 소녀는 늘 거리를 둔 채 소년을 보았고 그녀도 첫사랑 앓이를 시작했다. 그녀 역시 신입생이었다.

다가가면 멀어지고 멀어질수록 그리워진다.

다정하지만 열정을 보이지 않는 소년에 대해서 소녀는 편집증적으로 다가왔다. 소년은 그 마음을 잘 알았지만, 받아들이기에는 상처가 너무 커버린 탓이었어.

소녀는 그토록 집착을 보인다는 사실 때문에 스스로를 더 원망하게 된다. 다른 남자를 만나도 다른 유희에 빠져도 오히려 정열은 더 강해졌지.

몇 십 번 걸려다 내려놓은 전화기
친구들과의 수다 속에 '그' 라는 단어에서 떠오르는 소년의 얼굴
다른 남자를 소개받는 자리에 유령처럼 떨어지지 않은 소년의 미소
소년을 보고 수없이 망설이던 발걸음
수 십 번 다시 돌려보아야만 하는 영화 장면
커피 잔에 입술에 댈 때마다 맡아지는 그의 향기
끊임없이 되풀이되는 음악과 가사들

그것은 그 시기에 아주 순수한 정열이었지만, 자신에게는 집착으로 밖에 보이지 않았다.
스무 살부터 모든 상황은 끊임없이 반복된다.
정열과 집착은 같은 길로 들어선다.
외롭고 어두운 숲의 길.

결과는 동일하다.
소녀는 집착을 버리기 위해, 소년은 상처가 아물기 위해 시간에 내맡겼다. 모든 사실은 기억의 공간에 머물고, 시간에 따라 흐른다.
지금 첫 사랑의 여자는 지방으로 결혼해 가있고, 그 후배는 대학에서 강의를 하고 있다.

시간과 공간이 지각의 한 형식이라는 의견은 유효하다.

집착이라는 사랑의 숲에는, 새로운 은둔자들과 방랑자들의 발길이 끊이지 않는다.
벗어나세요, 외쳐도
이 숲에서 벗어나지 못한다.

칸트의 제4 비판

칸트는 한 여인으로부터 청혼을 받았다.
"잘 생각해 보겠습니다" 매사에 신중한 칸트는 대답했다.
그는 도서관으로 갔다. (결혼을) 연구의 주제로 삼고, 비평과 분석을 하기 시작했다. 칸트가 연구를 마치고 청혼에 대한 승낙 답변을 하러갔을 때, 청혼한 여인은 이미 두 아이의 엄마가 되어 있었다.

♣

과거 대학 내 자주 볼 수 있는 낙서 중에 하나가 바로 이런 낙서다.
'섹스없는 사랑은 맹목이고, 사랑없는 섹스는 공허하다'
(대학생들은 정말로 낙서를 좋아하는 족속들이다)

'개념없는 직관은 맹목이고, 직관없는 개념은 공허하다'
어느 철학자의 유명한 문구를 오묘하게 패로디한 부드러운 언명. 재치 속에 뼈를 숨겨둔, 쉽게 웃어넘길 수 없는, 그렇다고 대단하게 고민해야할 정도의 문제는 아닌, 정말 어색한 미소를 짓게 하는 문구이다.
(어느 철학자가 누구인지는 금방 알 수 있다. 쾨니히부르크의 여우라고 불리우는 바로 그 철학자말이다)

고개를 갸우뚱거리고, 걸어가면서 자꾸 생각나면서도, 금방 잊어버렸다가 다시 생각하면 되살아나는 그런 문구말이다.

♣

섹스는 이야기하기에 난감한 문제다.
고개를 돌릴 수도 없고 똑바로 쳐다볼 수도 없다.
수줍음의 원죄, 암묵적인 자기 규제는 모두에게 동일하다.
우리는 섹스에 대해서 금욕주의적인 것을 하나의 원론으로 삼고 있다. 암묵적인 윤리교육의 성과이자 폐해, 아니면 종교적인 엄숙함의 영향력 때문일까.

솔직히 말하면, 개인적으로 섹스는 즐거운 것이고, 아름다운 것이다, 라고 생각한다. 또 그 행위도 좋고 거기까지 이르는 과정도 좋게 느끼는 편이다.

섹스 자체를 사랑보다 더 좋다고 생각하느냐? 질문받을 때가 있다.
내 대답은 한결같다.

"사랑 안에 있는 섹스가 가장 좋다."

소더버그 영화에 나온 대사처럼 "섹스를 거부하는 것은 순결의식이나 불감증보다도 거짓에 있다"

‘섹스가 없는 사랑이 불편하다고도 생각하지 않는다’
어딘가 위선적인 느낌이 나는 남자들의 거짓말.

원초적인 본능에 충실하면 할수록 우리는 스스로를 비하하려는 경향을 가지고 있으며, 심한 자기 검열, 제약과 피해의식 속에서 몸부림치게 된다.

철학 저술가인 윌 듀란트의 설명에 따르면, ‘도덕(moral)이란 어원적으로나 역사적으로 습관(mores)에서 비롯된 것이다. 즉, 도덕성은 처음부터 종족의 건강과 보존에 없어서는 안된다고 여겨진 습관과 굳게 맺어져 있었다. 그리고 도덕의 규범이 시간과 장소에 따라 어떤 식으로 변하는가는 정말 놀라울 정도다.’

섹스가 어떤 의미에서는 매우 억압적인 요소가 있다는 사실은, 즉, 섹스의 자유가 오히려 억압이 될 수 있다는 사실에는 무언가 흘러버릴 수 없는 의미가 내포되어있는 것이다.

♣

섹스의 탐닉은 ‘진보’가 아니라 오히려 ‘보수’에 가깝다. 권위적이고 억압된 사회에서 섹스는 공공연히 권력의 크기와 비례했다. 권력을 많이 가진 사람은 섹스의 대상도 풍부했으며, 원하기만 한다면 섹스를 제한 없이 즐길 수 있었다.

자각없이 탐닉에 빠져드는 것은 오히려 타자지향적이고, 자기함

몰적이다.
우리의 보수화는 시스템에 맞추어져 있다.
상업적으로나 정치적으로 이용될 경우, 사랑의 나침반은 기능을 상실해 버린다.

나의 나침반은 어디를 향하는가.
허리 아래에게 물어보는 어처구니 없음이란, 난감한 일이다.

거짓말은 불능을 야기한다.

소셜 네트워트는 자신만이 아는 거짓말의 도구일 수 있다
보여지는 진실이 진실인 적이 없었지.
거짓말은 오류나 실수가 아니고
본능이기 때문에 절제가 필요하다.

♣

스티븐 소더버그의 처녀작 "섹스, 거짓말, 비디오테이프" 속의 주인공은 임포텐스(impotence, 성적불능자)다.
스물 아홉 살(거기에 나오는 주인공의 나이가 스물 아홉이다)의 방황은 마치 비오는 날에 벌거벗은 채 숲으로 들어가는 광기의 남자를 떠올리게 한다.

심리적인 요인이 얼마나 인간의 신체와 사회생활에 영향을 미치는가를 묻고 있지.
전혀 예기치 못했던 착상, 심리적 상상력이 전체 영화를 덮고 있는 영화.

제임스 스페이더가 주인공으로 나오는 그 인물은 놀랍게도 거짓말, 그것도 상습적인 거짓말 때문에 임포텐스가 된, 특이한 성격과 경험의 사람이다.

다시는 여자들과 관계를 가지지 못하고 그들의 섹스라이프에 대한 생각과 경험을 비디오테이프에 담아보는 사람이다. 거짓말 때문에 임포텐스가 되다니?
얼마나 놀랍고 섬뜩한 생각인가?

거짓말을 자주 반복하면 상습적인 거짓말쟁이가 되고, 심리적, 정신적으로 자신을 불능으로 만든다. 거짓말은 마약과도 같기 때문이다.

사랑이 용서의 기능을 상실할 때 비극이 된다.
비극은 진실과 거짓이 만나는 지점이 아니라 진실과 진실, 거짓과 거짓이 충돌하는 순간에 발생한다.
충돌을 감추거나 왜곡시킬 때, 인간은 사막이 된다.

♣

몇 가지 질문을 하게 된다.
거짓말은 약함의 표시인가.
진실을 말할 수 있는 용기를 얻기 위해서 비참의 시간을 견디어 내어야 하는가.

거짓말을 하지 않을 용기만큼 거짓말을 들을 용기도 필요하다. 뼈아픈 진실은 말하는 상대뿐만 아니라 듣은 우리에게 용기를 필요로 한다.
"왜 자꾸 저에게 거짓말을 하는 거죠?"

"당신은 거짓말을 유도하고 있어, 당신은 당신의 가슴을 갈갈이 찢어놓기보다는 차라리 거짓말 하기를 원하고 있는 것 같아"
"당신이 행한 그 배신을 두고 나보고 어떻게 용서하란 말이죠? 이제 모든 것이 분명해졌어요. 나를 사랑하지 않는군요. 계속 거짓말을 하는걸 보니"
"모든 것이 분명해졌다고? 아! 당신은 자신에 대해 너무 몰라. 당신은 진실을 감당할 능력이 없어. 진실을 듣고 싶어? 그렇다면 진실을 받아들일 용기가 있어?"

♣

진실을 받아들일 용기.
진실은 짙은 화장을 벗겨낸 아침의 민낯과도 같다.
과감히 드러낼 용기가 없다면 진실한 사랑과 마주칠 기회는 드물다.

거짓말이 화장을 지울 수 없는 정도가 된다면, 결코 화장을 씻어낼 기회는 사라진다.

마침내, 얼굴이 곧 가면이 된다.

다만, 우리 모두 해피투게더.
〈영화에 나타난 동성애에 관련하여〉

〈Happy Together〉
감독은 왕가위
주연은 양조위와 장국영
배경은 아르헨티나 부에노스 아이레스
그리고, 테마는 '사랑'이다.

♣

동성연애에 대한 주된 견해는 지금까지 혐오나 비난, 성도착, 무관심, 공포 등으로 일관되어왔다. 동성연애에 대해서 대다수의 사람들은 암묵적인 혐오라든가 공포감같은 것을 느끼게 된다. 여성이 자신들의 동등한 권리를 주장하는 것처럼 동성연애자들도 각각의 오피니언을 통해 자신들의 솔직한 감정과 견해를 피력하고 편견을 타파하기 위해 노력하고 있다. 하지만 그것은 오랜 동안 아주 힘든 싸움이 되어왔고 또 여전히 힘든 싸움으로 남아있다.
(심지어 내가 아는 한 사람은 동성애를 극도로 혐오하여 돌로 쳐 죽여야 할 범죄로 공공연히 밝히고 있다. 그의 종교적 신념은 논외로 치자.)

난 그저 영화에 대해서 말하고자 할 뿐이다.

부분적으로 영화에 나오는 동성연애의 모습은 좋은 모습은 아니다. 영화 속에서 동성연애는 성적 자극을 극대화하는 에로티시즘의 표현 방식으로 그려지거나 혹은 인물들의 변태적인 이상 징후를 드러내는 행위로서 묘사된다. 이것은 하나의 피해의식으로 볼 수 있다.

전통이 깊은, 성에 대한 피해의식이다.

이러한 편견은 우습게도 "아무도 말하지 않으면 잊혀지기 마련이다"라는 중세적 분서의식에서 벗어나지 못한 것 같다. 그러기 때문에 동성연애를 그렇게 그리거나 혹은 아예 그리지 못하게 하고 보지도 말하지도 못하게 한다. 일종의 심리적 매카시즘과 같다.
거기에는 물론 동성연애를 상업적이나 혹은 선전적, 매문적인 목적으로 이용하는 무리가 한 몫한다.

♣

왕가위의 〈해피투게더〉는 보고 난 후에 묘한 여운 같은 것이 있다. 왕가위 영화가 늘 완성도에 비해 감동이 큰 것은 촬영기법이 특출하다거나 아니면 특유의 감각이 있어서라기보다는 영화 속 그의 시선이 늘 인간의 보편적인 감정을 아주 소중하게 다루고 있으며, 이를 편견없이 묘사하기 때문이다. 〈해피 투게

더〉는-성을 초월한 근원적인 애정이라는-우리의 보편감정에 호소하고 있다.

누군가 혹은 무엇인가 사랑하고 그리워하고 또 그 때문에 상심하는 것은 성, 세대, 나이, 인종, 철학, 종교, 가치관에 상관없이 모두 동일한 근원적인 감정에서 출발한다. 많은 성직자들은 한 번도 본 적이 없는 신을 그 무엇보다도 사랑하기 때문에 자신의 일생을 거기에 바친다.
그것은 편견으로서 얼마나 합당한 것인가.
우리는 어느새 이교도일지라도 신을 위해 금욕하며 일생을 바치는 자에게 숭고한 경의를 표한다.

아마도 하이젠베르크는 다른 무엇보다도 눈에 보이지 않는 원자의 내부를 사랑했을 것이며 한 사람을 사랑하기에는 너무도 철학을 사랑했던 스피노자와 칸트도 영원한 존경의 대상이다.
모든 사랑은 근원적인 감정에서 출발한다.
개인적인 비약이 있겠지만, 동성연애도 그 본원적인 감정에 충실하다면 편견이 개입될 여지도 많이 줄어들 것이라고 생각한다.
하지만 아직도 우리가 의심하는 것은 동성연애를 다루는 모든 사람들의 시선이 그러한 근원적인 감정에 충실하지 못하다는 데에 있다.
만약 그걸 진실로 사실적이고 편견없이 그려나간다면 우리의 시선도 점점 변해갈 것이다.
우리가 그리워하는 대상이 우리의 내부를 흔들 때 그 대상은 별써 하나의 구체적인 형태나 조건을 망각하게 한다.

'남자와 여자의 차이는 X와 Y 염색체 하나의 차이'라는 한 교수의 말을 빌지 않더라도 불가해한 사랑은 정형화된 평가의 잣대를 허용하지 않는다.
〈해피 투게더〉가 오히려 동성연애를 더 확고하게 표방해야한다고 소리를 높이는 사람도 분명 있겠지만, 과연 누가 지금 그걸 확실하게 표현해낼 수 있을 것인가.
다만 〈해피 투게더〉는 여전히 좋은 영화이고 앞으로 이보다 더 훌륭한 영화가 만들어질 것이라는 기대밖에는 없다.

우리는 견고한 현실의 프레임 속에 살고 있다. 현실의 프레임이 무엇인가를 파악하는 동시에 이 프레임이 과연 현실을 잘 이해하는데 적정한 것인가도 끊임없이 되물어야 한다.

순수한 첫사랑의 이데아

순수한 사랑의 피는 그리움이요 살은 이데아다.
그리움이 소멸하지 않는 한 사랑은 숭고한 정신적 세계로 승화된다.
첫 사랑은 그리움과 이데아가 만든 처녀작이다.

♣

'남성은 5분간만 남자이고 대부분은 소년으로 살아간다.'
한 작가는 말했다.

첫사랑의 이데아가, 다만 정신적인 사랑의 의미에만 좁혀져 있지 않고, 이상적인 사랑의 모습을 꿈꾸고 순수한 사랑에 대한 그리움을 의미한다면, 한 순간에만 머무름은 아니다

순수한 사랑이라는 이름으로 (섹스가 배제된 사랑이 진정한 사랑이라고 말하는 것도) 어딘지 모르게 육체적 사랑에 대한 억누름으로 받아들여지는 것으로 보인다.

진정한 사랑이 영혼과 육체가 하나로 뭉쳐짐을 의미한다면, 사랑은 개인마다 다를 수도 있고, 어떤 특정한 형태의 사랑이 각기 다를 수 있다는 점도 인정해야한다.

사랑에 빠지는 나이가 굳이 사춘기라든가 소년, 소녀시절에 처음 다가오는 것은 스스로 육체에 대한 자각이 정신에 의한 자각보다 뒤늦음을 말하는 것이기도 하다.
(우리는 성인이 된 후에도 여전히, 자신의 몸이 이질적이라고 느낄 때가 있다)

육체적 성징이 일어나면서 급격한 몸 바뀜의 불안과 놀라움이 자신의 육체를 인정하는 데 주저하게 된다. 몸의 성숙함을 통한 아름다움을 깨닫기 전이 아니던가.

사춘기 소년들은 어떤 시기가 되면, (소녀들은 훨씬 더 일찍) 성숙한 여자를 보면, 알 수 없는 사랑의 욕구가 가슴 깊은 곳에서 불타오르기 시작한다.
불타오름- 너무도 자연스럽게 사랑에 빠지기 시작한다.

불타오름을 슬기롭게 넘기고, 진정한 첫사랑의 쓴 맛을 보고 많은 수업료를 치룬 다음 성숙한 사랑의 시기에 도달하면, 정신적인 사랑에 집착하는 데서 조금은 벗어나게 된다.
(대부분 이 시기의 정신적인 사랑은 자기 홀림과 연관되어 있다)

♣

빈번하고 떠들썩한 시대에도 여전히 사람들은 사랑의 이데아 안에 머물러 있다.

연인들은 사랑하는 사람을 위해 눈물을 흘리고 편지대신 이-메일을 쓰고 크리스마스카드를 보내고 발렌타인 초컬릿을 사고 시를 쓰고 사랑노래를 듣는다.

첫사랑은 일생동안 자신의 길을 간다.
사랑하는 사람과 관계를 갖고 서로의 몸을 확인하는, 즐거움의 순간이 지난 후에도 우리의 마음과 정신이 더 큰 행복감을 느끼게 되는 것은 이데아의 세계에서 신선한 사랑의 살들이 돋아나기 때문이다.

몸의 사랑이 앞에 있는 지금, 우리의 마음 한 구석에는 순수를 지향하고 있는 것은 어쩔 수 없는 일이다.
어느 누구를 물어보아도 개개인의 사랑은 너무도 다르고 특별하다. 매스미디어에서 언급하는 사랑이 진실된 사랑인지, 책에 쓰여있는 사랑이 진실된 사랑인지, 자신이 겪고 있는 감정이 사랑인지, 확실하지 않다.

그러나 분명한 것은 우리는 여전히 사랑하고 있으며 (우린 어느 한 순간도 사랑 없이 살 지 못한다) 사랑을 평생동안 찾아다니며 살아야한다는 것이다.
어떤 사람에게는 자신이 사랑하고 사랑받고 있다는 확신이 있는 반면 자신도 모르는 사이에 사랑 안에 들어와 있는 경우도 있는 것이다.

쾨벤하운(København)에서 온 편지

그녀는 한국을 떠나 덴마크 쾨벤하운 어두운 뒷골목에 자리를 잡았다. 경찰서 옆에 마약 소굴이 있는 곳.
집주인은 아무 돈벌이도 하지 않고, 그저 지휘를 공부하는 사람이었다.
그녀가 거기에 살고 있다는 사실 때문에 나도 어쩌면 여전히 살아있는 지도 모른다.

♣

덴마크로부터 한 통의 편지를 받는다.

이 곳 덴마크의 한 해변에서 당신을 생각합니다.
비가 오는 것을 좋아하는데, 이 곳은 별로 비가 오지 않고, 바람도 건조해서 덥지만 상쾌한 느낌이 들게 합니다.
손으로 잡힐 듯 보이는 등대 곁으로 갈매기들이 날아다니고, 하늘에는 한 무리의 구름들이 양떼들처럼 하늘 호수를 헤엄치듯 빠르게 지나갑니다.

춤추는 듯 반짝이는 초원의 언덕, 신선하게 가슴에 스며드는 바람, 그런 것들이 시간을 정지시키고 있는 듯해요.
당시에는 "시간을 통과하면 되겠지" 생각했었지만, 차갑게 대했던 제 자신이 어쩔 수 없었다고 말하고 싶었어요.
하지만 지금 이국에서 이렇게 편지를 쓸 수 있다는 게 행복합니다.
그렇지 않으면 누군가에게 말을 하기가 쉽지 않거든요.
예전에 수다쟁이는 이젠 없어진 듯합니다.
침묵을 벗으로 삼고 있지요.

♣

가끔 당신의 편지를 보기 위해 작은 카페에 들리곤 합니다.
카페 주인은 일본계 미국여자예요.
우습죠?
이 마을의 유일한 동양여자 둘이 한 곳에 늘 마주 앉아
지구 저편의 한국과 일본에 관한 이야기로 와인 한 병을 다 비운다는 게.

여기서는 호수와 바다가 잘 내려다 보여요.
코발트빛으로 채워진 호수와 그것과 연결된 바다, 바다보다 더 푸른 하늘을 보며 늘 이런 생각을 합니다.

하늘은 그 동안 나를 조용히 내려다보고 얼마나 침묵하고 있었을까?
행복한가, 스스로에게 물었죠.
사랑하는 이로부터 사랑을 받고 있다는 것은 너무도 행복한 일이어서 그 어떤 고통도 먼지처럼 흩어지게 만들어 버릴 것이다,

그렇게 스스로에게 말한답니다.

하지만 사랑의 고통 속에서 우리가 언제든 행복하다고 말할 수 있을까?
의문에 사로잡힐 때가 있었죠.
그대를 사랑하기 전까지는 저는 정말 아무 것도 아니었습니다.
숲 속의 봄이 찾아와서, 비록 모든 꽃과 풀들이 파릇파릇 되살아 날 때도 유독 홀로 깨어나지 못하는 풀잎과도 같았죠.

봄이 오더라도 결코 모든 사람의 봄이 아닌 것처럼 말이죠.
그대를 용서한 것은 제가 아니라 〈기억〉입니다.
그리고 저 또한 용서랄 것까지도 없지요.
그대를 사랑하는 한, 이제 용서는 더 이상 필요 없지요.
그게 제가 말할 수 있는 사랑입니다.

PS. 덴마크의 봄은 당신을 더욱 그립게 합니다.
아 참, 딸아이는 이 곳 덴마크에서 새로운 남자친구를 사귀었는데, 가끔 기타로 당신의 시에 곡을 붙여 노래를 부르곤 합니다.
그게, 요즘 절 가장 행복하게 해주는 일이기도 하구요.

♣

가끔 나는 편지를 받는다.
〈기억〉의 용서를 받았기에 내가 겨우 살아있다.

CHAPTER 05

당신의 매그넘 오퍼스(Magnum Opus)

매그넘 오퍼스는 오차를 허용하지 않는다.
마치 우주 궤도를 향하는 우주선처럼.
나의 사랑이 아직 허술하다는 것을 이제 알겠다.
그래서 나의 우주는 아직 마음속에 머물고 있다.

평행선의 공리

도달할 수 없는 그리움이 평행선에 숨겨져 있다.
살아있는 두 선이 평행하게 움직인다.
평행선의 순수하고 절대적인 공리를 떠올린다.
〈평행선 위의 남자〉는 아픈 기억의 동굴 안에, 〈평행선 위의 여자〉는 슬픈 기억의 오두막 속에 산다.

♣

어느 겨울, 마르틴 하이데거 비평관련 출판 회의가 열렸다.
〈평행선 위의 남자〉는 7년 만에 〈평행선 위의 여자〉를 만났다.

'아름다워졌어. 비극적으로'
어떤 방식으로도 설명할 수 없지만.

둘은 서로 간단히 눈인사를 했고, 그는 회의 때마다 그녀를 보는 기쁨에 사로잡혔다.
그는 보고 있고, 여자는 '그가 보고 있음'을 본다.
남자는 그녀를 볼 때마다 부드러운 아기를 포근하게 감싸 안고 있는 듯 느껴졌다.

여자는 그가 오는 시간에는 언제나 '커트 보네것'의 책을 읽었다. 그러면 마음이 안정되었고 웃음이 나왔으니까.

접점에 가까워지고 있다.
프랑크푸르트, 남자는 취재차, 여자는 계약을 위해 프랑크푸르트로 가게 된다. 두 선이 거의 맞닿을 정도로 가까이 와있다. 그러나 평행선은 완고하게 접점을 허락하지 않는다.

♣

남자는 결혼을 한다.
아내를 안을 때마다 그녀를 생각한다.
아침에 깨어나면, 곁에 있는 여인에게 참회를 한다.

여자는 남자에 대한 소식을 듣는다.
프랑크푸르트가 그리워진다.
'인생의 변주(Variation)일 뿐'
그녀는 스스로에게 상처를 입히고 있다.

여자는 홀로 프랑크푸르트에 온다.
보리수가 우거진 숲을 본다.
'여기서 당신 없는 삶을 그럭저럭 꾸릴 수 있어'

여자는 프랑크푸르트로 가서 독일인 북디자이너와 사랑에 빠진다.

"당신 안에는 나 외에 다른 남자가 있어."
독일인 북디자이너가 그녀의 눈을 피했다.
그러면 떠나게 된다.

그녀는 흑인 댄서와 사랑에 빠졌다가, 하이데거 전공의 유학생과 약혼을 한다.
그리고 이듬해 흑인 아이를 낳았다.

"아이가 내 아이였으면 생각했었어"
여자는 검은 선글라스 너머로 남자를 쏘아보았다.
철학도는 몰래 서울행 비행기를 예약했다.

철학도는 울었다, 검은 까마귀처럼.
그러면 되돌아 오지 않는다.

♣

남자는 몇 년 후 프랑크푸르트에 출장을 갔다.
여자는 아이를 안고 공원에 산책을 나왔다.
차갑고 상쾌한 바람이 얼굴에 닿을 때, 남자는 아이들의 야유를 듣고 있다.
한 여자가 흑인 아이와 함께 산책을 하고 있다.
여자는 남자가 자신을 보고 있다는 걸 의식하고 있다.
그리고 예전처럼 떨지 않기 위해 아이의 손을 꼭 잡는다.
흑인 아이는 남자를 보며 웃는다.

♣

평행선의 공리는 교묘하다.
정리의 모순성은 일상적인 사건에서 유효하다.
두 선이 한 점에서 만나지 못하고, 아슬아슬하게 빗나가고 있다.

〈평행선 위의 남자〉는 그녀를 '평행선 위의 한 점'으로 기억한다.

아, 디아스포라(Diaspora).

책갈피 사이에서 편지를 기억해 낸다.
편지는 낡아 있고, 기억에서 벗어나 있다.
부조의 조각처럼 남은 기억 그리고 시간의 흉터들.

천천히 기억 속에 스며드는 거대한 웅어리
가슴을 누르는 아픔이 흉터로 남지는 말아야지
물방울의 반복적인 낙하가 바위를 뚫어내듯 눈물 하나하나가 심장으로 떨어져 침식한다.
우린 모두 자리를 잃은 사람들일 뿐이다.
아, 디아스포라(Diaspora).

♣

"제대로 기억하지 못하는 것은, 기억하려고 애쓰기 때문이지"
"산책 갈까?" 거울을 보며 스스로에게 말을 걸었다.
"혼자 갔다 와. 거기는 내겐 어울리지 않아." 거울 속 나는 대답한다.
"거기는 아무도 어울리지 않아" 나는 말한다.

♣

소나무가 우거진 산책길이 있다.
그래, 이 길은 누군가 지나갔다.
한 때 역사와 민족, 이념이 그 길을 걸었겠지만, 지금은 비쩍 마른 한 실존이 투벅투벅 수많은 짐과 아쉬움을 짊어진 채 돌부리가 많은 길을 걷고 있다.
부연 안개가 눈앞을 가리고 탁한 물줄기가 길을 가린다.
언제나 홀로 걸어가야 할 길이다.

'아직은 괜찮아, 더 많은 짐을 어깨 위로 올려 놓을 수 있어'
그래, 누군가 이 길을 지나갔다.
환한 달빛이 아니라 희미한 발자국이 이끌어 왔다.
희미한 발자국은 길 잃은 자들을 지켜왔다.
길 위에서 머뭇거릴 때 들려오는 소리

여기 있어, 발자국. 보이지 않니?

그래, 그들이 이 길을 지나갔다.

그 날 아침은 더 천천히 드세요.

당신의 매그넘 오퍼스(Magnum Opus)는 침묵입니다.
진실은 여백 사이에 있지요.
말과 말 사이에, 숨과 숨사이에 무언의 음악이
말보다 더 많은 걸 보여줍니다.

♣

외국회사 CEO인 〈제임스 쿡(James Cook)〉은 〈혼자 아침 식사하는 그녀〉를 찾아가 사랑을 나누었다.
새벽에 그녀의 이마에 키스를 하고, 작은 봉투를 식탁 위에 올려놓는다.

새벽 컨퍼런스 콜이 있는 그는 항상 새벽에 떠났고, 그녀는 여느 때처럼 혼자 아침을 먹는다.
진한 커피를 끓이면서 에비앙 생수를 먼저 마시고 천천히 아주 천천히 라디오의 클래식 방송을 들으면서 아침을 먹는다.
아침 클래식은 바하와 슈베르트, 쇼팽의 시간이다.

7개의 조간신문을 읽고 인터넷과 TV 아침뉴스를 본다.
네 잔의 아메리카노를 마시고 한 조각의 베이글을 씹는다.

해가 떠오르고, 새벽 안개가 걷히고 분주하게 일상의 톱니바퀴가 움직이기 시작할 때 쯤, 대략 그 시간 정도다.
쿡은 〈혼자 아침 식사하는 그녀〉를 생각한다.

♣

하루가 또 시작된다
초등학교로 등교하는 아이들의 재잘거리는 소리가 들리고 옆집 여자가 아침 연속극을 크게 틀어 놓는다.
엘리베이터 문이 열리고 닫히는 소리, 구두 발걸음 소리, 차들이 빠르게 지나가는 소리, 스마트폰에서 나오는 메신저 알림 소리, 피아노 학원에서 모차르트 곡을 서툴게 연주하는 소리도 들린다.

늦잠을 잔 강아지는 늘어지게 하품을 한다
방안에 햇빛이 반 쯤 들어오면 그녀는 커피를 끓이고 아침 준비를 한다.
국을 끓이고 베이컨을 굽고 냉장고에서 어제 밤에 먹고 남아 있던 음식들을 꺼낸다.
그녀에게 아침은 세상 저편 일에 귀를 기울이는 시간이다.

♣

그가 온다고 한 날 그녀는 새벽까지 옛날 영화를 본다.
전화도 걸지 않고, 메시지도 보내지 않는다.

시간이 늦어져도 그녀는 그저 옛날 영화를 본다.
늦기도 하고 약속을 어기기도 하는 전형적 패턴.

쿡은 결국 오지 않는다.
마침내 그녀는 아침이 다 되어 잠이 든다.

그녀는 아주 늦게 일어난다.
그날은 더 천천히 아주 천천히 아침을 먹는다.

쿡은 〈혼자 아침 식사하는 그녀〉를 생각한다.

귀속을 파고드는 푸른 바람

십자가를 보면 기도를 하게 되고
바람을 맞으면 음악이 떠오르죠.
보이는 모든 것이 생각을 압도하니
그래서 눈을 감아야지요.

♣

하얀 손수건(W.H)에게.

슈만의 곡을 들으면서 오늘도 소나무 숲길을 걸었어.
슈만의 음악은 나를 숲길로 인도해.

열 일곱,
사랑을 시작하기에는 너무 늦거나 너무 빠른 시기같아.
입술을 오므리고, 잠시 열 일곱, 이라고 속삭이면
기억 저 너머에서 푸른 바람이 귀속을 파고들어.

손바닥 위에 올려놓고 열 일곱 살의 남자아이를 들여다본다.
천천히 걸어가는 큰 키에 붉은 머리를 가진 소년.

'네 사랑은 아직 이루어질 때가 되지 않았어'

차가운 심판관인 열 다섯 살 소녀
'미안해, 너무 가까이 오지 않았으면 좋겠어'
불길이 적절하게 늦추어지지 않았다면 분명 지울 수 없는 화상을 입고 말았겠지.

파도처럼 사랑을 해야겠어, 마음 먹은 것도 아니야
문득문득 마음의 밑바닥에서부터 천천히 피어 올랐지.
사랑을 받고 싶은 욕망 때문에 주체할 수 없었다고 고백해야겠지.
앞뒤를 가리지 않은 사랑의 불길로부터 자신을 꺼내줄 수 없었어.

사랑하는 연인들을 본다. 미로에서 길을 잃는다.
입을 뗄 때마다 그들의 밀어는 불티처럼 휘날린다.

'감정을 조율해보렴'
어떤 면에서는 순간적인 욕망을 견디어내는 무한한 힘이
시간에 있다.

열 일곱에는 욕망이 사랑인 줄 알았어.
기억은 아직까지 어떤 대답도 하지 않고 있지.
마치 소모되고 있는 나이처럼.

장미를 원한다면 가시쯤이야.

사랑을 두 단어로 연결하면 사귐과 싸움이다.
그러니까, 미움도 마찬가지 두 단어로 이루어져 있다.
사귐과 싸움.
같으면서 다른, 한 뿌리에서 나온 듯한.

♣

오래 비가 내린다.

이탈리아의 포도밭 청년이 새침한 신부를 안고 사랑을 소리친다.
동시에, 발칸 반도에서는 자동소총으로 소년을 쏜다.
세상의 사랑이, 부풀어 오른 분노가 가벼워진다.
가벼움은 무거움을 전복한다.

"가시에 찔리더라도 장미를 갖다 줄거지?"
"장미를 가져다 줄게. 그게 원하는 전부라면"
뭐 가시쯤은.

가시에 찔리더라도 장미를 갖다줘야한다는 명제를
증명해 보도록 한다.

첫째, 모든 환희의 노래는 눈물로부터 탄생한다. 따라서 장미의 향기를 위해 그 만한 고통은 감내해야 한다.

둘째, 사랑은 이별을 담보하기 때문에 결코 가볍지 않다. 그러므로 장미를 가져다주는 수고는 사랑에서 이별에 이르는 시간의 무게를 늘려준다.

셋째, 좋은 것은 나쁜 것을 반영한다는 단순한 원칙을 잊기 쉽다. 당연히 이것은 위 첫째, 둘째 증명에 의하여 설명이 가능하다.

♣

너무 많은 관념이 먼지처럼 떠다닌다.
나는 너무 많이 생각한다.
그래서 비는 그치지 않고,
이탈리아에서, 발칸반도에서, 프랑스 파리에서, 한국에서
살인도 멈추지 않는다.

발목과 키스에 대한 명상

시계탑을 건너서 성으로 간다.
어느 형제의 눈물인지 수고인지
세월의 성은 높기만 하다.
낮에는 돌을 나르기 위해 쓴 눈물을 삼키고
밤이면 집으로 돌아가 연인과 뜨거운 사랑을 나누었겠지.

♣

빅토리아 시대의 풍속사를 묘사한 책은 말한다.
"여인의 드러낸 발목이 성적 흥분을 일으킨다."
발목이 누드를 압도한다.(결혼만 네 번을 한 영국 철학자 버트란드 러셀의 책에 나오는 이야기다)

시간은 점점 정직해 지기를 바라고 있는 것일까
키스라는 파찰음과 모음이 바람을 불러온다
사랑하는 사람과 키스할 때의 느낌은, 신체의 일부가 닿는 이상의 헌신적인 감정이 함께 전달된다.
오, 스타일의 추종자들이여.

감정의 몰입이 키스 속에 고스란히 녹아있다.
자신의 입술을 사랑하는 사람에게 맡김으로서 자기의 마음을 함께 던진다.

♣

키스를 거부하는 육체적인 관계는 비인간적이다.
그래서 종종 강간이나 매춘에서 발견된다.

헤어짐이 남긴 너무도 차가운 숨결

헤어짐은 틀린 문장을 찾는 일이다.
때로는 조용히 고치고 입을 닫아야 하는데
그게 도대체 쉽지 않다.
때로는, 틀린 문장 자체도 틀려보이지 않아야 하는데.

♣

조르주 바타이유 급의 포르노 작가인 〈벌거벗은 일꾼님〉은 15년간을 같이 산 〈J, J〉 와 이혼한다.
(〈J, J〉는 원래, 그의 대학 선배였다)
작가는 마치 세속으로 돌아가는 신부처럼 옷가지 몇 개를 작은 가방 속에 챙겼다.(짧은 여행을 가듯이)

〈J, J〉는 따귀를 갈기거나 머리를 쥐어뜯거나 (아마도) 접시를 던지거나 하지도 않았다.
묵묵히 자신의 앞자리에 놓인 잔을 한 숨에 털어놓고
함께 있던 자리에서 툭툭 털고 일어났다.

차가운 술이 책상 위에 처연히 놓여있다.
왜 그랬을까?

♣

한참이 지난 후에 작가는 〈J, J〉를 만나 술을 마셨다.
겨울의 문턱에서 초컬릿 색의 모자를 쓴 그녀는 여전히 아름다움을 간직하고 있다. 풍만하게 성숙한 몸과 안정되고 침착한 분위기가 석양이 비친 잔잔한 바다처럼 매력적이다.

"나, 너무 늙었지?"
그리고 여전히 작가의 숨결을 이야기 한다.

그녀의 숨결에서 차가운 술냄새가 난다.
내려놓은 빈 잔 바닥에는 헤어진다, 자국이 또렷이 박혀 있다.

♣

작가 〈벌거벗은 일꾼님〉는 더 이상 포르노를 쓰지 않기로 한다.
그는 15년을 함께한 대학 선배이자 아내와 헤어졌다.

IBM 트레이닝 센터의 탑건(Top Gun)

시각이 지배하는 시대에 서 있다.
음악이 보이는 시대에 서 있다.
남아 있는 것은 눈동자가 찍어놓은 잔해뿐이다.
피곤한 눈이 피곤한 피사체를 닮아간다.

♣

여자는 남자를 쳐다보고 있었다.
여자는 똑똑하고, 이성적이고 자존심이 강한 얼굴을 하고 있다. IBM트레이닝 센터에서 진행되는 5일간의 프로그래밍교육 동안 그녀는 창가에 앉아서 남자를 보고 있었다. 남자는 짧게 깎은 머리에 부드럽고 건강하게 태운 피부를 가지고 있었다. 그리고 전투기 조종사처럼 날렵한 눈썹과 깊은 눈을 가졌다.
여자는 남자를 탑건으로 부르기로 한다. 처음에 탑건은 자신이 아는 사람인 줄 알았지만, 전혀 기억에 없는 사람이었다.

♣

첫째 날, 교육 중간 중간에 탑건을 보는 시선을 느낄 수 있었다. 점심시간에 남자를 스쳐 지나가는 그녀에게서 아주 익숙한 향기가 난다.

잠시 스쳐 가는 동안에 탑건은 그 향기를 기억해낸다.

둘째 날, 교육 중간에 짧게 말하는 그녀의 목소리를 듣는다. 아주 작지만 또렷한 발음으로 말을 하고 말과 말 사이에, 단어와 단어 사이에 공백이 길다.
음색은 날카롭지는 않지만 부드럽지도 않다.
모음을 발음할 때마다 숨소리가 섞여 나온다.
가슴 깊은 곳에서 뿜어져 나오는 긴 공명의 소리. 강사가 누군가에게 발표를 시키지만 탑건의 신경은 오직 그녀에게 집중되어 있다.
그녀와 같이 온 회사 동료는 끊임없이 교육과 회사 일에 대해서 떠벌리고 있지만, 그녀는 아주 작은 목소리로 음. 음 하며 동의를 표한다.
그녀가 질문할 때마다 탑건의 어깨가 흔들리는 것을 느낀다.
그녀도 탑건의 그런 움직임을 눈여겨보고 있다.

셋째 날, 그녀의 손과 발과 다리를 주의 깊게 본다.
손은 길지만 예쁜 편은 아니다.
군데군데 희미한 점이 있다. 희고 매끄럽게 보인다.
자판을 두들길 때마다 민첩하지만 가볍게 움직인다.
손톱을 길게 길렀고 손톱과 손가락이 마주치는 부분에 은색 메니큐어 흔적이 남아있다.
발은 생각보다 작은 편이다.
굽이 높은 구두를 신었고, 스타킹은 약간 회색빛이 감도는 은색이다.

다리는 길지도 짧지도 않지만 오랜 운동을 했는지 약간의 근육이 붙어있다.
무릎을 살짝 덮은 스커트가 허리선에 잘 이어져 있다.

넷째 날. 여전히 그녀는 실습시간 중간 중간에 탑건을 보고 있다.
탑건이 그녀를 바라볼 때 잠시 당황하다가 눈으로 가볍게 인사를 하고 다시 모니터에 시선을 돌린다.
탑건은 오늘에야 비로소 그녀의 얼굴과 머리 스타일과 가슴과 허리를 본다.
눈은 크지만 균형이 맞지 않는다.
왼쪽 눈이 쌍꺼풀도 더 깊고 더 큰 반면 오른 쪽 눈은 얇은 쌍거풀에 약간 끝이 내려와 있다. 눈썹을 전부 밀지는 않고 잘 다듬었다.
코는 약간 작은 편이다.
콧망울이 두툼하고 전체적으로 얼굴에 비해 작은 편이다.
입술은 중간크기에 덧니 때문에 약간 어설프게 다물어져 있다.
치아는 왼쪽에 덧니를 제외하고는 고르고 하얀 편이다.
입술은 도톰하다는 편이 어울린다.
어깨는 보통여자에 비해 넓은 편이지만, 목이 길어 부자연스럽게 보이지 않는다.
가슴은 중간보다 약간 크고 전체적으로 상하보다 좌우가 넓은 편같다.
그러나 확신할 수는 없다. 속옷으로 보정해놓았을 테니까.

그녀를 주의깊게 관찰하다가 그녀의 가슴에 시선이 멈추는 순간 그녀와 눈이 마주쳤다.
그녀는 잠시 당황하다가 곧 탑건을 정면으로 직시한다.
탑건은 괜한 오해를 사지 않기 위해 그녀를 잠시 바라보다가 다시 얼굴을 돌린다.

마지막 날, 강의가 끝나기 전에 탑건은 어떻게 할까, 망설인다.
오늘은 회사 동료가 나오지 않았다.
그녀의 동료도 바쁜 일이 있어 먼저 가버렸다.
그녀는 무언가 간절한 눈빛을 보내는 것 같다.
탑건도 그러한 눈빛을 보낸다.

♣

시간이 느리게 흐른다.
서로에게 관심을 갖고 있다.

자기 증오의 뱀파이어

사랑이 없는 남자들은 죽은 말을 쓰고
사랑이 없는 여자들은 사라진 말을 쓴다.
그러나 말이 없을 때도 사랑이 있었고
말이 없어지더라도 사랑은 살아 있겠지.

♣

"고독, 유혹을 위한 고도의 전략이죠"
거래처의 여자 매니저가 회계사인 피(P, P)에게 말한다.
몰트 위스키 한 잔, 또 다른 한 잔, 그리고 또 한 잔.

〈피〉는 말없이 그녀의 손을 잡았다.
〈피〉가 좋아하는, 매끄럽지만 차가운 손이다.
"단순히 취해서 이러는 것이라면 좋아요. 그게 훨씬 솔직하니까"

뱀파이어들은 인간을 두 부류로 구분하지.
어떻게?
희생자와 동족들.

♣

〈피〉는 일기에 쓴다.
고독은 질병, 자각증상이 없는 음험한 전염.
뱀파이어들은 마음속을 들여다보고 있다.

'오늘 밤에도 클럽에 가야겠어'

날카로운 이빨로 연인의 목덜미를 물어뜯는다. 고독의 입맛을 다시는 뱀파이어들이 우글거린다. 얼마나 많은 사람들을 유혹하는가. 현실과 고독의 경계를 아슬아슬하게 건너는 사람들. 밤에 홀로 어두운 거리를 배회한다. 저주가 강렬한 축복이 되는 밤.

한 쌍의 연인이 지나간다. 〈피〉는 남자의 얼굴에서 희미한 동감의 미소를 발견한다. 늑대처럼 어둠을 찾아 돌아다니는 〈피〉와 같은 동족들을 마주친다. 아무 것도 모르는 그 여인에게 위로의 말을 전하고 싶었다.

'상냥한 미소를 지으며 현재 당신의 팔짱을 끼고 있는 바로 그 남자가 〈피〉와 같은 동족일 수도 있다.'

♣

고독은 어쩌면 자기 증오의 한 형태일 수도 있다.
자기를 증오하는 사람은 다른 사람을 사랑하기 힘들다.

결론으로부터 회귀.
수많은 클럽 안에 수많은 〈피〉들.
클럽의 괴물들이 모여든다.

페르마의 마지막 정리보다 풀기 어려운 것

임의의 세제곱수는 다른 두 세제곱수의 합으로 표현될 수 없고, 임의의 네제곱수 역시 다른 두 네제곱수의 합으로 표현될 수 없으며, 일반적으로 3 이상의 지수를 가진 정수는 이와 동일한 지수를 가진 다른 두 수의 합으로 표현될 수 없다. 나는 이것을 경이로운 방법으로 증명하였으나, 책의 여백이 충분하지 않아 옮기지는 않는다.

Cubum autem in duos cubos, aut quadratoquadratum in duos quadratoquadratos, et generaliter nullam in infinitum ultra quadratum potestatem in duos eiusdem nominis fas est dividere cuius rei demonstrationem mirabilem sane detexi. Hanc marginis exiguitas non caperet.

♣

남자가 과연 '수학적으로' 여자를 이해할 수 있을까?
여자가 과연 '수학적으로' 남자를 이해할 수 있을까?
아마도 이 질문은 에덴동산으로부터 이어져 왔을 것이다.

사람과 사람 사이의 감정에도 훈련이 필요하다.
예를 들면 수많은 실수와 역경을 겪으면서 단련된 사람에게도 남녀 간의 이해는 인류의 불가사의한 미해결 수학문제보다 어려운 법이다.
(가령, 영국의 수학자 앤드류 와일즈(Andrew Wiles)가 페르마의 정리를 증명해 냈지만, 정작 이 문제를 해결하는 데는 뛰어난 천재들조차 몇 백 년이 걸리지 않았던가)

♣

"너를 사랑한다는 것을 어떻게 '수학적'으로 증명할 수 있을 것인가?"
〈수학적 증명에 빠진 그녀〉의 경우에도 마찬가지다.

"당신은 개인적으로 이해하기 힘든 사람이야"
〈수학적 증명에 빠진 그녀〉는 사귀기로 한 날 말했다.
"솔직하게 대답하면, 나도 잘 모르겠어"

즉, 사랑하는 사람이 날 이해하지 못한다고 생각하면 슬퍼진다. 물에 빠졌을 때, 수면 위로 보이는 모든 것을 잡아보려고 발버둥치는 것과 같다. 바로 우리 눈앞에 보이는 것은 실제로는 상당히 먼 거리에 있다. 잡아보려는 노력은 헛된 힘만 소진시켜 물속으로 더욱 가라앉게 만든다.

그래, 이해하기 어려울 때는 탁탁, 손을 털고 따뜻한 입술로 이해를 구할 수밖에 없다.

♣

"내가 왜 너와 키스해야하는지 설명해 줄래?"
<수학적 증명에 빠진 그녀>는 끊임없이 설명을 요구한다.
"바보같은 이야기이지만, 증명없이 실행에 옮기면 안될까?"
나는 그녀의 손을 잡으면서 말했다.

"이 손을 잡아서 네 요구를 관철하려는 의도는 도대체 뭘까?"
이 쯤 되면, 페르마의 마지막 정리보다 어려운 것이 많아지게 된다. 봐라, 보편론에 빠지면 개별적인 인간이 너무 초라해 보인다.

사랑의 불완전성과 상호 모순.
전적으로 틀렸거나 전적으로 옳은 말이다.
다시 바꿔 말하면 한 편으로는 옳고, 다른 한 편으로는 틀린 말이다. 사랑에 관해서는 페르마의 마지막 정리보다 증명하기 어려운 일이 참으로 많다.

Upper-Middle Class

후회스러운 결정이 모래가 될 때까지
그토록 오래살 수 없다는 사실을 인정하라.
사랑 외에 더 나은 대안이 있다면 신이라 불릴만 하다.
신조차 사랑 외에는 대안을 찾지 못했으니.

♣

별명이 흑조(黑鳥)인 〈B, B〉는 결혼식 날짜까지 정해 놓고 헤어진 사람이다.(고백이란, 절망스럽다)
이런, 파혼에 대한 이야기다.

이 검은 새(Black Bird)는 다른 여자와 우연하게 커플이 된 적이 있었다.
사람들이 그러한 자리를 마련해주기를 원했다.
이젠, 나이가 됐으며 또 때가 되면 사랑하고 결혼하는 것이,
'〈B,B〉에게 좋으리라'
모두들 그렇게 생각하고 있었다.

한 여자와 커플이 된 것이다.
대학원 친구들끼리 만나는 모임에 그녀는 친구 회사 동료로서 동석을 했고 (그녀와 흑조만 유일하게 애인이 없었던 이유도 있

지만), 다른 사람들은 서로 애인에게 전화를 하거나 대화를 나누거나 했기 때문에 자연스럽게 그녀와 대화를 나누게 되었다.
"나는 큰 모험을 바라지 않아요. 그저 어퍼 미들(Upper-Middle) 정도만 된다면, 만족해요"

♣

연애의 시작이었다.

세련되게 입은 정장과 어깨를 살짝 덮는 갈색머리와 하나의 선으로 그려진 눈과 강인하게 보이는 얼굴선이 매력적으로 느껴졌다.
그녀의 모습은 그 나이에 이르기 전까지는 아주 어색해 보이지만, 일단 그 나이가 되면 아주 그럴 듯하게 어울리는 듯한 모습을 하고 있었다.(어디선가 본 문장이기도 한 데, 그녀에게 꼭 들어맞은 이야기이다.)
시간과 함께 매력적인 성숙함을 풍기는 아주 드문 사람 축에 속하는 셈이다.

둘은 취미 속에서도 서로 다른 점들을 많이 발견했다.
차이가 관심을 만든다.

영국 영화를 좋아하는 〈B, B〉와 프랑스영화를 좋아하는 그녀, 혼자 있을 때 록음악을 듣는 〈B, B〉와 재즈를 듣는 그녀, 와인을 좋아하는 〈B, B〉와 맥주를 좋아하는 그녀(그녀도 엄청난 애

주가다), 혼자 하는 여행을 좋아하는 〈B, B〉와 둘이 여행하는 걸 좋아하는 그녀, 비슷한 기호가 있지만 조금씩 다른 점이 있어서 더 서로에게 끌렸던 것 같다.

♣

대개의 모든 커플들처럼 친구로 시작해서 연인으로 발전했고, 아주 빠른 시간 안에 '결혼'에 대해서 생각하지 않을 수 없었다.
〈B, B〉는 (의식적으로는 피해왔지만) 이대로만 있을 수는 없다고 생각했다.

커플이 동승한 차가 아우토반에서 앞을 보고, 맹렬히 질주하다가 장애물에 부닥친 것이다.
〈B, B〉는 결혼해도 나쁘지 않으리라는 막연한 생각을 가지고 있었다.
그녀는 친구 같고, 누이 같고, 엄마 같고, 여동생 같고 심지어 딸같기도 했다.
그녀의 여성적인 매력은, 결혼을 당연한 것이라고 생각하게 만들었다.

집으로 돌아오면서 〈B, B〉는 알 수 없는 감정에 혼란스러워졌다.
'왜 그럴까? 내가 그녀를 진심으로 사랑하고 있지 않은 걸까? 아니면 내가 미쳐버린 것은 아닐까?'

'내가 지금 진지하게 결혼에 대해서 말하고 있는 것이다'
그녀도 〈B, B〉에게 아주 솔직히 결혼에 대해서 말해달라고 했었다. 그녀는 단도직입적으로 "당신은 오랜 동안 혼자 지내왔고 결혼같은 것은 꿈에도 생각하지 않을 사람이에요. 그러니 제발 날 잃는다는 두려움 때문에 자신이 불편한 것을 참으려고 하지 말아요"
그녀는 정확하게 〈B, B〉를 읽고 있었다.

그녀는 신중하고 진지했으며 그 만큼 강한 자아를 가지고 있었다.
〈B, B〉는 그 당시 그녀를 잃을 까봐 정직하게 말할 용기를 잃고 있었다. 아마도 다시는 사랑에 빠지지 못할 것이라고, 다시는 어떤 사랑도 두려워하게 될 것이라고.......

〈B, B〉는 늘 하던 전화도 하지 않았고 위스키를 마시면서 결혼과 가정에 대해서 생각했다. 지나치게 깊이 생각하면 할수록 지혜와 멀어지는 것은 당연하다.

"괜찮아, 잘 해나갈 거야. 모든 게 완벽해. 더 이상 좋은 반려자를 만날 수 없을거야"
그녀는 〈B, B〉를 완벽하게 이해하고 있었다.

"그가 결혼할 수 없다는 것을 굳이 말하지 않아도 알 수 있어요"

그녀는 알고 있었다.
〈B, B〉도 그녀가 그의 마음을 이미 이해하고 있다고 생각했다. 다시 〈B, B〉는 자신의 심연 속으로 깊이 빠져 들어가 버렸다.

그녀는 거의 절망적으로 마지막까지 최선을 다했다.
"결혼은 중요한 것이 아니에요. 그저 우리가 사랑하는 것만으로도 충분해요."
그리고 만남과 헤어짐이, 희망과 절망이, 즐거움과 괴로움이 번갈아 〈B, B〉와 그녀 사이를 떠돌았다. 조금씩 조금씩 시간은 진실을 감추고 있는 베일을 벗겨낸다.

알게 모르게 그녀와 〈B, B〉사이의 틈은 조금씩 벌어져 갔으며 그녀가 〈B, B〉를 아무리 안심시키려고 해도 이미 〈B, B〉의 마음 속에는 밀어낼 수 없는 커다란 바위가 놓여 있었다.

♣

〈B, B〉 내부의 전쟁은 언제 끝나게 될지도 알지 못한 채 지리하고 고달픈 전투를 계속하고 있었다. 그녀에게 이유도 없는 분노를 쏟아 붓고 가슴을 쥐어짜면서도 차갑고 냉정한 말로 그녀를 아프게 했다.
그럴수록 그녀의 상처는 깊어기고 그의 분노는 계속되어갔다. 그런 상태로 1년이 지나고 가을의 문턱에서 그녀는 떠나겠다고 선언했다.

"더 이상 스스로 상처 입으면서 동시에 당신을 상처주지 않겠어요. 만약 당신이 다른 사람과 결혼한다해도 그것은 자신이 비난할 문제는 아닙니다. 제 스스로도 조금씩 결혼에 대해서 생각이 바뀌어 가는 것을 느낍니다. 결혼없이는 더 이상 사랑에 대한 확신을 줄 무엇이 없을 것 같다고, 전 지금 생각합니다."
그녀는 마지막 편지에서 그렇게 썼다.

그리고 마지막 만난 자리에서 〈B, B〉가 그녀에게 준 모든 선물들을 다시 정성스레 포장해 건네주면서 그녀는 끝으로 한 마디를 던졌다.

"모든 게 명확해져요. 그런 사람인 줄 알았지만, 아무래도 내가 당신이 결혼하기 위해 모든 걸 버려야할 만큼은 아닌가 봐요."

우리 주변에서는 결혼이 하나의 인생의 전환점이 되는 경우를 보게 된다. 마찬가지로 결혼이 불행하게도 사랑의 종착점이 되는 경우도 보게 된다. 매번 '그래도 평균적이야, 나는 지나칠 정도로 평균적이야' 변명을 해왔다.

♣

〈B, B〉는 아직 독신이며, 오랜 시간 사랑을 만나지 못하고 있다. 그건 누구의 책임도 아니다. 바로 자신의 책임이고, 실수다.

카프카라는 남자를 둘러싼 지상 최대의 문제

아름다운 눈을 가진 소설가
까마귀와 같이 어두운 날개를 지닌 남자
꿈을 현실로 끌어온 남자
현실을 꿈으로 바꾸어 버린 남자

♣

프란츠 카프카(Franz Kafka)의 전기를 다시 읽는다.
다른 여인들과 결혼의 약속을 몇 번이나 번복하고, 결국 밀레나와 사랑했지만, 카프카는 영원히 지키지 못할 사랑의 약속을 하고, 다시 약속을 깨버리는 연약하고 예민한, 신경증을 앓고 있는 남자였다.
그의 빨아들일 듯한 눈에 어떤 징조가 보이지 않은가?

사랑에 관한 한 어린애 같은 남자인 카프카에게 과연 누가 사랑의 언약을 지키도록 말해줄 수 있단 말인가? (사회적으로 뛰어난 당신의 남자가 실제로 사랑에 관한한 어린애일 수 있다는 점도 기억해주었으면 한다. 사랑에 관해서는 사회적 지위 같은 외부적인 잣대나 지적 능력 같은 것은 전혀 상관이 없다.)

'사회적으로 다른 사람들이 두려워하고 존경할 지 몰라도 사랑에 관해서는 당신은 칭얼거리는 어린아이 같아요.'

언젠가 대학 시절 본 소설의 주된 줄거리는 사랑의 언약을 믿던 한 소녀의 반복되는 실연과 상처에 관한 것이다.

소녀는 붉은 머리 사냥꾼(Hunter with red hair)과 첫사랑을 시작하고 이렇게 말한다.
"이것이 처음이자 마지막 사랑이다."
그러나 남은 것은 처절한 배신이 동반된 지독한 아픔이었다. 첫사랑에 실패하고 이렇게 말한다.

"첫사랑은 이루어지지 않은 것, 이 번의 사랑을 끝으로 더 이상 사랑에 빠지지 않을 것이다."

소녀는 다시 파란 눈의 피아니스트(Pianist mit blauen Augen)와 사랑에 빠진다. 진실로 사랑의 실패는 예정되어 있었는가? 소녀는 다시 어리석은 감정의 포로, 감정의 죄수로서 버림받는다. 소녀는 마지막으로 믿었던 사랑에도 실패하고는 이렇게 말한다.

"더 이상 사랑에 빠지지 않을 것이다. 내겐 더 이상 사랑은 중요하지 않다."

그녀는 마지막으로 한 남자, 어린 목수(Jeune Menuisier)의 사랑을 받는다. 소녀는 더 이상 사랑을 믿지 못한다. 〈J, M〉은 자신의 사랑을 얻기 위해서 자기 파괴적인 사랑을 그녀에게 퍼붓는다. 끝내 소녀는 그의 사랑을 받아들이지 않는다. 목수는 자신이 만든 책상 위로 올라가 줄을 메고, 결국 자기 자신을 파괴한다.

비극은 사랑의 약속이 영원하다는 것을 믿는데 있다.
사랑의 약속만큼, 지키기 어려운 것도 없을 것이다.
사랑을 약속하다니, 그 변화무쌍한 감정을 어떻게 못을 박듯 고정해 놓을 수 있단 말인가.

매일 수십 쌍이 결혼하면서 사랑의 언약을 하지만, 현재 통계에 따르면 그 중 1/4은 이 약속을 지키지 못하고, 나머지 중의 일부도 다른 사람과의 부적절한 관계 때문에 잠시 나마 그 약속을 어긴다.(보이지 않고, 알려지지 않은 숫자는 더더욱 많을 것이다.)
그 약속 때문에 괴로워하며 자살하는 사람도 있고, 매번 비밀과 거짓말로 그 약속을 아슬아슬하게 지켜나가는 사람도 있다.(우리는 얼마나 가슴에 묻어둔 비밀을 두려워하는가. 스스로를 비난하고 마는가)

사랑의 약속이 영원할 수도 그렇지 않을 수도 있다.

조금 시니컬하게 말해서, 사랑의 약속이 영원함을 믿는 것은 소중하고 아름다운 것이지만, 실제로 사랑은 카오스에 더 가깝다고 할 수 있다.

우리는 무엇보다도 사랑의 약속이 쉽게, 그리고 더욱 절실하게 이루어질 때, 더 큰 불안감을 느낀다.
문제는 사랑의 약속이 영원하지 못함에 있는 것이 아니라 사랑의 거짓 약속 혹은 약속의 거짓된 무책임에 있는 것이다.
우린 사랑에 대한 확신 속에서 약속해야 하고, 그 약속을 적어도 자신의 내부의 진실한 마음에서 우러난 것임을 의심하지 말아야 한다.
우리가 결혼식에서 신랑, 신부에게서 언약의 종극을 생각하지 않듯이 사랑의 약속은 늘 그 순간으로부터 영원하기를 바라는 마음이 있다.

최근 몇 차례의 친구의 결혼식이 있었다.
아름다운 사랑의 시작으로서 결혼은 마치 천상의 잔치처럼 느껴진다.
결혼식의 신선하고 행복한 공기를 들이마시면서 세상의 사랑에 대한 찬미를 늘어놓게 된다.

♣

신랑과 신부가 서로 사랑이 담긴 키스를 하고 영원한 사랑을 맹세할 때, 난 이러한 사랑의 약속이 영원할 것이라고 믿는다.
사랑의 순간, 진실한 사랑의 언약은 어떠한 것도 방해할 수 없으리라는 굳센 믿음을 준다. 아무도 그것이 영원하지 않을 것이라고 염려하지 않는다. 그러기에 사랑의 언약은 그 어떤 것보다 영원하리라 믿어지는 것이다.

다시 한 번 결혼하는 수많은 신랑, 신부들의 사랑의 언약이 영원하리라 믿는다. 그렇지 않더라도 사랑하는 순간까지라도 뜨겁게 사랑하여야 한다.

그것이 사랑이 고갈되지 않는 이유이다.
사랑은 약속 이상의 의미가 있다.
차갑게 이야기 하자면, 약속이 깨어지더라도 사랑은 계속되어야 한다. 사랑은 약속으로 매어진 것이 아니다.(혼전계약서를 쓰더라도 사랑은 그 자체로 약속을 넘어서는 천국의 실현이다)

카프카가 과연 결혼을 했다면 과연 그의 작품은 어떻게 변했을까?
그것이 지금 글을 쓰면서 내게는, 최대의 문제가 된다.

권리라뇨. 그저 사랑이죠.

늘 낯선 틈새에서 괴물이 나타난다.
여간해서는 발견되지 않는 두 마리의 괴물이 고개를 내민다.
남자라는 괴물
여자라는 괴물

♣

페미니스트의 주장 중의 하나는 "인간의 사랑에도 남성과 여성의 복잡한 권력과 억압 구조가 있다는 것이다."
말을 다시 바꾸면, 사랑에 있어서 권리와 의무 관계의 불평등이 존재한다는 이야기다.
(역사적으로 볼 때 권리의 주체와 의무의 주체가 누구였는지, 말하지 않아도 명백하다.)

사랑에 대한 권리나 의무를 주장하는 것 자체가- 지금 사랑에 빠져있는 사람들이라면 우스운 일일지도 모른다.
사랑에 대해서 수줍음이 많은 우리들은 권리나 의무를 명확하게 구분 짓는 것에 대해서 몹시 어색해하는 것이다.

"사랑에 관한 무슨 권리가 있으며 의무가 있단 말이죠? 그저 사랑이지요."

서른 둘 회계사인 미혼남 〈고장난 계산기〉가 말한다.

"일종의 불문법처럼, 어디에도 사랑의 권리나 의무를 명시하지 않았지만, 실제로는 사랑의 권리와 의무 때문에 많은 문제들이 일어나고 있어요. 전쟁이랍니다. 전쟁!!"
결혼을 앞둔 스물 아홉 살 여자〈화려한 백조〉는 말한다.
아이러니한 일이다.

사랑의 권리는 과연 무엇일까?
"사랑의 권리는 사랑하는 사람에게 무엇을 요구할 권리이기도 하지만, 무엇을 과다하게 요구 받지 않을 권리도 포함해요."
독신주의자이며 33살의 여기자 〈기사 낚시광〉은 말한다.

"사랑한다는 이유만으로 또 사랑 받는 이유만으로 자신의 모든 것을 내팽겨 치지 않아도 될 권리, 솔직하게 말해도 될 권리, 싫으면 싫다고 말하고 좋으면 좋다고 말할 권리, 자신의 자아가 인도한대로 행동해도 사랑의 오해를 사지 않을 권리, 사랑 때문에 속박 받지 않아도 될 권리, 자아를 존중 받아도 될 권리."
경영대학원생이자 서른 두 살의 미혼남〈꼬마 도박사〉는 말한다.

"답은 없어요. 사랑 때문에 자신이 다른 사람에게 종속되지는 말아야 한다는 것은 일종의 명제이죠. 하지만 현실에서는 어렵답니다."

주변에서 사랑의 위기를 겪는다.
“사랑이 깨어질 까봐, 그대의 마음에 상처 입을 까봐, 하고 싶어하는 말도 못하고, 하고 싶어하는 행동도 못하고, 가고 싶은 곳에도 가지 못한답니다.”
〈솔직하나 순진한〉여자는 말한다.
“솔직히 사랑 때문에, 자신을 묶어두게 되요.”
사랑하면서 스스로를 상처 입히게 된다.
연인들은 다툼을 한다.
말로 심장을 찌른다.

“괜찮아, 솔직하게 얘기해 줘. 난 괜찮아”
“하지만 넌 내가 솔직하게 얘기하면, 언제나 목소리가 바뀌고, 차가워지는 걸, 분명히 알 수 있단 말이야”
“그럼에도 불구하고 내게 솔직해야 돼”
“너는 내가 솔직하게 말할 권리를 주지 않고 있잖아.”

결혼에 대해서 회의적인 외국계 은행에 다니는 여자 후배는 말한다.
“제가 원하는 것은, 다른 스타일의 사람을 자기 스타일대로 억지로 짜맞추려고 하지 않는거에요. 이 사람은 이런 종류의 사람이다, 라고 지레 판단하고 그 외의 모습을 모두 부정하려고 하지 않는 것이죠. 그대만의 사람이기 전에 한 사람으로 그를 인정해주는 것이죠. 남자들도 알아요. 그것이 진정한 성숙된 자아의 사랑스러운 결합에 있어서 기본적인 의무라는 걸. 하지만 막상 현실에 닥치면 로마 폭군 〈칼리귤라〉가 따로 없어요.”

최근 남자와 헤어진 서른 다섯의 여자 IT기획자인 〈버그없는 코딩〉는 좀 더 심각한 이야기를 한다.

"남자들과 가까워지면 질수록 더 심해지죠. 섹스요? 그 이후에는 본성들이 나와요. 제 전부를 소유했다고 생각하죠. 몸을 섞으면 하녀가 되요."

서영은의 소설〈먼 그대〉는 그러한 사랑의 권리와 의무를 분명하게 드러내는 좋은 심리 소설이다.
이 소설에서 여주인공은 낙타처럼 자기 구원의 사랑을 한다. 자아를 진정으로 이해함으로써 사랑이 하나의 완전체로 승화된다. 그녀는 신이 된다.

우리가 받아들이는 사랑의 핵심에는 분명 서로 다른 자아가 융합되어야 한다는 당위성이 존재한다.
한 쪽이 다른 쪽 자아를 억압해서는 안되고, 일방적으로 한 쪽 자아에 굴복해서도 안된다.
언젠가 굴복했던 자아가 균형을 맞추지 않으면 무너지고 말 것이다. 그러므로, 권리와 의무가 불평등하게 될 때 사랑은 재난이 되고, 인간은 불행하게 된다.
이것이 주변에서, 역사 속에서 종종 발견되곤 하는, 사랑에 의해 변질된 괴물들을 만나게 되는 이유이다.

시간이라는 완벽한 솔루션

사랑은 기억 속에서 폐기 처분하기 전까지만 존재한다.
원래 사라진 것들은 모두 사랑의 이름으로 불리던 것이었다.
나는 시간을 쓰고, 시간은 나를 읽는다.

♣

제임스 조이스의 더블린 사람들(Dubliners)를 읽고 있던 스물 아홉의 게임 프로그래머였던 〈C+〉는 헤어진 옛 연인에게서 전화를 받았다.

그녀는 새로운 애인을 만났고, 그 때의 경험 때문에 (지금의 상대) 서로에게 조심하고 있다고 말했다.
그 조심이란 말은, 내적인 규칙을 만든다는 의미다.

이를테면, 전 여자 친구의 사진, 선물, 같이 듣던 음악, 같이 보았던 영화, 빌려주고 돌려받았던 책, 같이 여행했던 여행지, 그리고 늘 만났던 토요일 오후 4시에 관해서 생각을 떠올리거나 말하지 않기로 한다.

"과거가 현재까지 이토록 영향을 끼칠 수 있다고 생각하지 않았어"

〈C+〉는 헤어진 후 석 달 간 긴 방황을 겪었다.
체중은 20kg 이상 늘어났고, 매일 술을 마셨고, 좋아하던 자전거를 타거나 등산을 하지도 않았다. 두 치수 위 바지를 새로 구입해야 했고, 속옷은 비만한 몸에 달라붙었다.
당연히, 외출도 거의 하지 않았다.

"시간이 해결해주겠지"
친구들은 위로했다.
하지만 사랑에 대해서 '인위적인 망각'은 시간이 해결해 주지 않는다.
결국 그를 구원한 것은 다른 여인이었다.※(상대는 같은 회사의 여자후배이고, 일명 〈Copy and Paste〉로 불렸다. 주니어 프로그래머들의 일상이다.)

전화를 받고 잠시 긴 침묵이 이어졌다.
"이제 더 이상 널 사랑하지 않지만, 잊지는 못한다고 말을 할 수밖에 없어"
〈C+〉는 말한다.
"그건 나도 마찬가지야"
상대는 대답한다.
"지금의 사람에게 충실하지?"
"그럼 물론이지"
"사랑하고?"
"그럼 너는?"
"나도 그 사람을 사랑해"

"한 가지만 물어볼게 난 널 잊지 못해. 그렇다고 노력을 안하는 것은 아니야. 다만 그런 것이 부질없다고 느꼈지, 너는?"
"맞아, 부질없어"

전화를 끊고 나서 〈C+〉는 그 사람에 관한 모든 것을 기억하려 했다. 하지만 몇 가지를 빼놓고는 거의 흐릿하게 지워져 있었다. 기억은 인위적인 조작없이도 기억하고 싶은 것과 싶지 않은 것을 선별해 놓는다. 이런, 시간이라는 완벽한 솔루션이라니. 기억은, 자기증식을 하는 유기체처럼, 매우 정교한 시스템이다.

그는 문득, 일하는 중에 그의 새로운 연인 〈C, P〉의 가녀린 등짝을 쳐다보았다.

슬프게 쌍거풀진 눈을 가진 편지

당신에게도 같은 일이 일어날 수 있다.
베르테르에게도
윤동주에게도
스피노자에게도
다윈에게도
나에게도
오랜 만에 책이나 노트, 앨범이나 책상을 정리했다.
시간은 제대로 기억하지 못한다.
색이 바랜, 오래된 편지를 발견할 때가 있다.
몇 번이나 수정을 해서 보내려고 했지만, 결국 보내지 못한 편지라면, 다시 편지를 읽으면서 여러 가지 생각에 잠기게 될 것이다.

당신은 꽤 오래 공을 들여 쓰는 편이다.
(말하자면 파지가 수북이 쌓이고 수정을 정말 여러 번 하는 편이다)
애틋한 기분에 젖어 다시 읽어 본다.
마음이 안정된다. 이 낡은 종이 편지 하나로 당신에 대해 다시 한 번 생각하게 된다.

♣

〈수줍은 입맞춤(S.K: Shy Kiss)〉에게
한참 동안 망설였지만, 이런 편지를 쓸 수 밖에 없는 날 이해해 주길 바래.
지금은 학교 잔디밭 벤치에서 칸트의 두꺼운 하드카버 책을 받치고 쓰는거야
칸트가 조금은 섭섭해 하겠지만 사랑이라면 이해하겠지.
(그가 관대한 사람인 것은, 이미 알고 있겠지?)

미안해, 그 말부터 하고 싶었어.
너에게 그렇게 차갑게 대할 필요는 없었다고 생각했는데 그게 맘처럼 쉽지는 않았어.(어쩔 수 없었다고 말하면 네가 더 아파할까?)
누군가에게 날 내보이는 게 힘이 들어, 날 이해해달라고 말하면서도 한 번도 내 전부를 보여주려고 하지 않았다, 는 네 말 나도 잘 알고 있어
하지만 나도 나 자신을 전부 이해할 수 없어, 갑갑하고 나 자신한테 화가 나지만.

너를 사랑한다,는 말은 진실이었어.
하지만 내 방식이 너에게 상처가 되었다면 어쩔 수 없겠지만, 나도 참고 그냥 가기엔 너무 무책임한 것 같았어.
시간이 지나면 지날수록 널 괴롭힐 것, 그로 인해 너에게 큰 상

처를 입힐 것을 생각하면 여기서 널 놓아주려고 해.
너에게 더 잘해주지 못해, 미안해.
요전 축제 때 널 데려가려고 했지만, 못 데려간 것.
나도 사실은 가고 싶지 않았어, 라고 말하면 네가 마음 아플까 봐 시골집에 내려가 버린거야.
그리고 무엇보다도 너에게 진실하려 할수록 네가 마음 아파하는 모습 때문에 괴롭게 만들기 싫었어.

내가 어디서 널 다시 만날 수 있을까.
날 이상한 남자애로만 추억하겠지.
앞으로 시간이 점점 두려워질 거야. 추억이 시간 속에 지워지지 않을 테니.

〈경솔한 속삭임(C.W : Careless Whispers)〉으로부터-

♣

편지를 접고, 횔덜린(Friedrich Hölderlin)의 〈히페리온(Hyperion)〉을 읽는다.
편지의 쌍꺼풀 진 눈이 슬프게 나를 보고 있다.
예전부터 거기에서 그런 눈으로 나를 지켜보고 있었다.

미움보다 더 지독한 무관심

"If moderation is a fault, then indifference is a crime."
잭 케루악(Jack Kerouac)은 말했다.
무관심은 사람에게는 지옥에서 느낄 수 있는 형벌이다.
치명적이고 치명적인 정신적 암이다.

♣

언젠가 학창시절(중학생 때인 것같다) 짝사랑했던 국어과 여선생님 〈D.T.S(Dead Teacher's Society)〉은 말했다.

"미움보다 더 나쁜 것은 무관심이야"
(그녀가 그 당시 미혼이었고, 매력적인 외모를 가지지 않았다는 사실은 논외로 치자. 나의 짝사랑의 역사를 보건데, 외모와는 무관했다는 사실도 또한 논외로 치자)
십 몇 년이 지난 지금에도 그 말이 뇌리에서 떠나지 않는 이유는 무엇일까

"일상적인 삶이 지속적으로, 아프게 그 말을 기억하게 만들기 때문이다."

사랑에 실패한 사람 모두가 상처를 입지만, 비극적으로 자신을 파멸시키는 경우는 많지 않다.
무관심 속에 오랫동안 방치된 사람은 자신을 파멸시키거나 파멸시키는 직전까지 간다.
지나친 관심은 일반적으로 사람에게 짜증이나 불편함을 주는 정도에 그치지만, 무관심은 상처를, 그것도 아주 심하게 입힌다.
무관심하게 방치된 채 키워진 아이는 아주 냉정해 지거나 사람을 믿지 못하고 쉽게 흥분하며 폭력적이 된다.

진실로 사랑받기 위하여 태어났고, 그럴 자격이 있고 사랑받기 위해 살아가고 있지 않을까,

이 암에 대한 치료가 쉽지 않다는 것, 우리가 주의해야할 것인지도 모른다. 누군가 사랑 받지 못하면 인간은 정녕 삶의 가장 중요한 부분을 놓치고 있는 것이다.

♣

ps) 단, 정치적 무관심은, 논외로 하자.
받아야할 것을 받을 뿐이니까.

홀로 여행하는 자를 위한 격려

여행은 인간의 특권이다.
인간은 노마드(Nomad)의 존재이다.
낯선 경험에 자신을 던진다. 와인드- 업.
스트라이크, 혹은 볼, 아니면 뒤쪽으로 빠지는 패스트볼.
경험의 한계는 어디인가.

♣

낯선 역사(驛舍)안 벤치에서 잠이 들다가 거지들의 습격을 받기도 한다.
알콜 중독자가 더듬는 걸 피해 도망가기도 한다.
미친 여자가 끈질기게 따라붙어 떼어 놓느라고 진땀을 뺀다.
(내가 그들과 비슷하다고 생각했기 때문일까?)
수배자로 오인 받아 경찰서에 끌려간다.
결국은 이 모든 오해나 곤경이 여행의 톡 쏘는 거품이다.
긴 여행에서 돌아와 집에서 목욕을 하고 잠자리에 든다.

난 한 번도 동행을 가져본 적이 없다.
어떤 페이스를 맞추는 것이 어렵기 때문일 것이다.
가끔 아주 가끔, 누군가 내 삶에 동행이 필요하지 않냐고 물어올 때가 있다.

이제 슬슬 동행이 필요할 때가 됐지 않느냐고.
그럴 때마다 난 여행에 관한 이야기를 한다.

♣

청주에서 만난 한 미대생 〈팩토리 걸(F.G : Factory Girl)〉은 내가 하는 여행을 "자기 소모여행"이라고 불렀다.

'비워내는 여행'이란 뜻인가 보다.

난 일부러 돈이 있어도 여관에서 자는 법이 없고, 거의 최소한의 식사만을 한다. 최대한 힘이 빠질 때까지 걷는다.
그리고 아무리 춥더라도 아침에 일어나서는 꼭 찬물로 씻는다.
난 정상적인 몸 컨디션으로는 여행할 수 없다.
감기와 몸살, 그리고 발의 물집과 온 몸의 상처를 지니고 여행을 한다. 다만 타향의 인심을 생각해서 되도록이면 말끔하게 면도하고 자주 씻을 뿐이다.

너무 오래 굶으면서 걸어 다니게 되면 속이 고프다 못해 쓰리다.(겪어본 사람만이 안다) 여행 시작 몇 일 간에는 주로 자동판매기의 커피로 하루 끼니를 때우는 일이 흔하고, 차비가 떨어지면 공사장에서 벽돌을 나르거나 주유소에서 기름을 넣을 수도 있다.

어쩌면 동행을 원했던 청주 미대생은 새벽에 청주로 되돌아갔다.

그녀는 앤디 워홀의 팬이었다.
그의 뮤즈 에디 세즈윅(Edie Sedgwik)처럼.
날카로운 콧날과 머릿결을 그리워하고, 낭만적인 여행을 꿈꾸기에 알맞은 나이다.

"조금 더 힘들게 생각해 보렴"
나는 웃으면서 가진 돈을 전부 주었다.

♣

여행은 나 자신을 실험할 수 있는 좋은 실험무대다. 식구들과 친구들은 내가 하는 여행은 내가 하는 일 중에서도 가장 이해하기 힘들고 미친 것처럼 느껴진다고 말했었다.

아직까지 여행의 동행을 만나지 못했다.
얼마나 더 여행을 해야만 동행을 만날 수 있을까? 얼마나 여행을 해야만 여행을 끝까지 함께할 동행자를 만날 수 있을까? 동행자를 알아볼 수 있을까? 그 때까지 얼마나 이 힘든 실험여행을 계속해야할까?

힘든 여행을 함께 할 동행자라면 그 역시 힘든 여행 중일 것이다. 다시 한 번 격려를 보낸다. 그러나 항상 여행을 하기 전에 해주고 싶은 말이 있다.

"조금 더 힘들게 생각해 보렴"

적, 그리고 화랑(畵廊) 이야기

20대에 들어서면, 우린 도식으로 그려진 세계에 산다.
수치와 등락으로 결정되는 세계.
30대가 되면, 도처에서 정치적 술수는 사라지지 않는다.
술수로 성공한 그런 인간들은 그저, 살아가는데 명수다.

♣

아주 우연히, 우연히 옛 동기인 〈C, B(Cold Blood)〉를 만났다.
종로의 한 화랑에서, 가을 문턱에 접어드는 오후였다.
거래처 미팅을 하고 회사로 복귀하기 싫은 마음에 화랑에 들렀다가 그를 만났다.
어, 오후에 웬일로 화랑에.
〈C, B〉는 당황스러운 표정을 지었다.

그는 엄청난 유산을 상속받고 삶을 즐기면서 사업과 강의를 병행하는 남자다. 짬짬히 소식을 들어 알고 있지만, 같은 과 후배 〈V, B (Vanity Beauty)〉와 결혼해서(같은 학회에 있어서 나도 아는 사람이다) 두 아들을 두었고, 번화한 거리에 보석가게를 경영하고, 한 때 싫어했지만 이젠 싫어했던 감정조차 희미하게 남은 사람.

그는 아주 앳되 보이고 키가 크고 어떻게 보면 화랑 같은 곳에서 볼 수 없는 화려한 차림의 여자와 동행이었다.(누가 보더라도 부부가 아닌 것은 확실해 보였다) 온 몸을 친구의 팔에 밀착시키고, 은은하지만 관능적인 향기를 풍겼다. 콧소리를 내면서, 〈C, B〉를 '선생님'이라고 불렀다.

우린 간단히 명함을 교환하고, 악수를 나누고 헤어졌다.
공부를 잘하던 친구야.
똑똑하지만, 순진하지.
그리고 등 뒤에서 아주 작지만 귀에 거슬리는 웃음소리를 들었다.

♣

가을은 혼란스럽게 나를 통과하고 있었다. 가깝게 지내던 친구들이 외국으로 많이 떠났고 또 몇 명은 우리가 살던 터전에서 전국 각지로 흩어졌다. 전화로 연락을 하고 편지를 쓰기도 했지만 거의 아무도 만나지 못했다. 어떤 시기가 되면 모두가 바빠지거나 뿔뿔이 흩어진다.
한 번 모이자, 모이자 해도 그것이 힘들어진다.

그러다가 모두 가버리는 거다.

♣

가을이 끝나고 겨울이 시작될 무렵, 〈C, B〉가 차 사고로 죽었다는 소식을 들었다. 나는 그 때 문득 얼마 전에 그를 만났던 일을 생각했다. 장례식에 가는 동안 그 일을 생각하지 않으려고 했지만, 그 때 그 일이 기억 속에서 맴돌고 있었다. 어쨌든 고인에 대한 예의를 생각해서라도 그런 일은 빨리 잊으려고 머리를 흔들었다.

장례식에 참석했을 때, 고인의 부인이자 후배인 〈V, B〉는 침통한 얼굴로 빈소를 지키고 있었다. 장례식을 가득 메운 조문객들과 조화들은 축제가 벌어진 것 같은 착각을 주었다. 검은 양복을 입은 두 아들은 문상객이 없을 때는 스마트폰을 가지고 모바일 게임에 집중하고 있었다.

한 쪽에 화랑에서 보았던 여자가 검은 상복을 입고 서있었다. 그녀는 부자연스러운 표정을 지어 보였다. 분명 그녀도 나만큼이나 그 일을 기억하고 있는 것이다.

♣

난 잠자코 물러나와 다른 친구들과 술을 마셨다. 날씨가 따뜻하다가 갑자기 추워져서 그런지 술이 금방 올라왔다. 많은 사람들이 부인의 비통한 모습에 숙연해졌다.

다른 죽음도 아니고 사고로 인한 죽음인지 모두들 당황해하고 있었다. 화투판도 벌이지 않았고, 절친하지 않았던 사람들은 일찍 돌아가 버렸다.

지인들도 바쁘다는 핑계로, 후배에게 위로의 말을 전하자마자 급하게 떠나갔다. 빈소는 한산했고 부인의 동생으로 보이는 여인만이 슬피 울고 있었다.

후배는 우리들의 자리로 건너왔다. 친구들은 술을 마시면서 안타까운 사고에 대해서 위로의 말을 하였고, 후배도 우리들에게 고맙다는 인사를 했다.

그리고, 화랑의 그녀를 소개해주었다. 그녀, 〈늪의 공주〉는 미대 강사를 하면서 큐레이터를 하고 있다고 했다. 나는 일부러 그녀를 마주 보려고 하지 않았다. 그녀도 마찬가지로 내 쪽을 쳐다보려 하지 않았다. 나는 취하지도 않은 술을 자꾸만 마셨다. 그래도 취하지 않았다.
내 귀에는 그 때의 웃음소리가 끊이지 않고 들렸다.

♣

어떠한 사소한 일은 지울 수 없는 사고의 책임을 묻게 된다. 그러한 사건이 어째서 한 인간에게 심리적인 죄책감을 느끼게 하는 지 잘 모르겠다.

한 작가가 말한 대로 우리는 운명의 틀 속에서 버둥거리는 희생자인지도 모른다. 책임은 영원히 씻을 수 없는 앙금으로 남는다.

후배는 재혼하지 않았고, 들리는 말에 의하면 몇 명의 젊은 애인들을 번갈아 만난다고 한다. 아들들이 모두 미국으로 유학 가 있는 동안, 후배는 〈C, B〉의 스타일을 반복해서 따라가고 있다.

♣

그 이후로 나는 그 화랑에는 더 이상 가지 않는다.
심지어 마크 로스코나 프란시스 베이컨의 그림이 걸려 있다고 하더라도.

지극히 밀도 있는 꿈

사랑하는 사람들에게는 꿈이 있다.
미래를 꿈꾸고 있다.(정치적 꿈은 아니었으면 한다!)
사랑은 미래 지향적이다. 조금 과장을 보탠다면, 오늘 꽃이 어제 꽃보다 예쁘지는 않아도 더 사랑스러운 이유이다.
소박하고 작은 꿈부터 거창하고 현실 불가능한 꿈까지.
(나이가 이 꿈을 점점 작지만, 매우 밀도있게 만든다.)

♣

번번히 사랑에 실패하는 한 남자〈좁쌀 총각(M, B: Millet Bachelor)〉이 있다. 서울의 명문대학을 나와 이른바 신도 모르는 직장에 다닌다.(이것으로 부족하다며) 자기 명의로 아파트를 사놓았다.(요즘, 이것으로 부족하다며) 상당한 금액의 펀드 금액을 보유하고 있다.(요즘은 심지어 이것도 부족하다며) 작은 상가를 사서 매월 월급 만큼의 세를 받고 있다.(그래, 이 정도로 하자)

성격도 그만하면 모난 데 없이 훌륭하고, 큰 키에 호감가는 얼굴에 인간성도 좋다고 소문난 남자다.(여자들은 큰 키에 안도의 한숨을 쉰다. 이해한다.)

혼기가 가까운 여자들에게는 더없이 좋은 일등 신랑감이고 〈M, B〉도 슬슬 자신이 결혼해야 할 시기가 된 것을 깨닫기 시작했다.

〈M, B〉에게 호감을 보였던 여자들이 3개월째는 심드렁해지고 6개월도 못돼 헤어지고 만다.(다른 궁합 문제는 아니었다. 맹세코)

그러기를 벌써 5년이 지났다.

그는 어떤 면에서 문제가 있는 지 알 수가 없었다.

모두들 그 점을 이상하게 생각해왔다.

누구하나 시원한 대답을 해주지 못했다.(어쩌면 말하기를 싫어했을 수도 있다)

그러던 중에 언젠가 그를 6개월간 사귀었던 여자를 대학원에서 만났다. 우연히 술을 먹다가 그의 독신 생활이 자연스럽게 화제가 되었다. 거기서 하나의 힌트를 찾아낼 수 있었다.

첫째, (술 취한 목소리로) 그 녀석은 자기만 아는 철저한 이기주의자에요. 전제군주처럼 여자 위에 군림한다구요. 잘난 척은 또 얼마나 하던지.

둘째, (술이 더 취한 목소리로) 믿음을 못 줘요. 꼭 내가 아니더라도 조건만 내키면 딴 여자로 갈아탈 수도 있는 느낌이 들어요. 저도 현실적인 남자가 싫진 않지만, 세세하게 사사건건 따지는 그런 남자는 숨이 막힐 것 같아요.

셋째, 작은 행동 하나 하나가 자기 위주에요. 공감이나 배려가 전혀 없어요.

마지막으로, 결정적인 것은 그 놈은 치.사.한. 놈이에요.
난 마지막 말에 두 손 두 발 다 들을 수밖에 없었다.
100전 100승의 유능한 변호사도 필요하지 않다.
그냥 유죄선언이다.

〈M, B〉는 진지하고 소심한 사람이었다.
미래의 아내와 함께 꿈을 꾸고 미래를 설계할 준비를 했는지 확실하지 않지만, 마음의 준비는 '부적절한 관계' 이상을 넘지 않는다.

우린 매일 아침 거울을 보고 면도를 하면서 "나는 무엇인가" 혹은 "오늘은 무슨 일이 일어날까" 하고 생각하지만, 결국 가장 큰 관심사인 우리의 미래와 꿈에 대해서 생각하고 있는 것이다.

걱정할 필요는 없다.
치사한 남자도 결혼은 한다.

CHAPTER 06

집으로 오는 길 -철도역에 관한 명상

강(La rivière)

네 청춘의 가슴은 달빛 아래 빛났었다.
그러나 그는 차디찬 조약돌을
질투의 차가운 돌을
여름의 그 찬란한 달빛을 받으며
강물 위에서 벗은 채로 춤을 추던
네 아름다움의
그림자 위로
던졌다.

- 쟈크 프레베르(Jacques Prévert)-

PM 11:05 영등포

이곳은 침묵하는 몸뚱아리들의 세계다. 세 여자는 맑은 술잔을 앞에 놓고 수족관 물고기처럼 웅크리고 있다.

'모욕과 수치는 한 순간이지.'

누군가가 양식을 던져줄 때만 떠오르는 물고기들
왜 너희들은 방랑을 끝내고 돌아오지 않니?

야간조를 맡은 경찰관의 수작에
(건드리면 터져요)의 아가씨 입술이
술잔 위로 빨갛게 반짝거린다.

"어머, 장미 백송이네."
세 여자는 부러운 듯 아가씨를 쳐다보고
마녀들의 주문을 외우듯 불륜과 싸움을 상상했다.
우리도 누군가 장미 꽃다발을 안겨주던 때가 있었어

말없이 소주 나발을 불던 중년 남자
어깨 위에 각인된 납빛 상처를 보며
한 때는 자신의 시대가 있었다고 말하고 싶지만,
아무도 다가오지 않는다.
밀린 술값을 한 번에 갚은 것은
실직의 두려움에 대한 반어법이다.

"그게 사람 사는 방식인 걸."
여자들은 꿈틀거리는 돌고래를 본다.
하지만, 돌고래는 피어오르는 숯불 연기일 뿐이었어
그녀들은 더 이상 보는 것을 믿지 못한다.

"이 한 잔 술을 먹다가 난 죽을 지도 몰라요"
유혹의 상처를 지닌 여자, 그것은 다분히 정치적인 말
왜 그녀는 감쪽같이 직장 상사의 유혹에 넘어가야 했는지
오! 알아서 하세요. 몸과 마음을 던져야 했는지

직장 상사에 이끌려 왜 같이 잤는지
왜 그게 그렇게 좋았었는지, 그녀는 모른다.

“그래, 어쩌겠어. 서로 이해하고 살아야지.”
물고기들은 누구에게도 작은 상처를 입히지 못하는 여린 마음을 가진 사람들이다. 그들은 그저, 눈빛으로 서로를 바라보다가 그저 주저앉는 것이다, 편안히.

보는 눈이 너무 많아서 여기서는 좀.......
아가씨의 눌러 붙은 몸뚱아리가 떨어지지 않는다.

“그게 인생이지.”
벽 틈에서, 의자위에서, 마루 바닥 위에서 몸뚱아리들이 서로 부딪히고 얼싸안고 사랑을 한다.
결코 떨어지지 않는다.

영등포역 앞 벌거벗은 몸뚱아리들 틈에서 술을 마신다.
거기에 모든 시작이 있었다.

PM 11:08 신길

신길역은 견고한 성처럼 서있다.
역을 가기 위해 외딴 성벽을 올라가야 한다.

한 때 이 곳은 많은 공장들이 지배하던 곳이었다.
매일 검은 연기가 하늘을 뒤덮었다.
흰 옷을 입으면 검은 먼지 덩어리가 들러 붙었다.
누런 폐수로 썩어가는 개천과 악취가 동네를 진동했다.
사람들은 떠나갔다.

이십 년이 지난 지금
신길역은 깨끗하고 반짝이는 성들이 지배한다.
신사 숙녀 여러분 환영합니다.

백화점 여직원들은 Off 때 친구들과 나이트클럽에 간다.
한 때, 유명 마담으로부터 스카웃 제의를 받았었다.
지금은 결혼 시기가 지났고, 남자는 찾아보기 어렵다.

"요즘 뭐하세요?"
"최신 휴대폰 광고를 만들고 있지요."
미심쩍은 눈빛으로 남자를 본다.
콧수염을 길렀고, 왼쪽 팔에 독수리 문신이 있었다.
그녀들은 마음과 몸을 함께 도둑맞았다.
"나에게 키스를 해 주세요"

멀리 여의도의 불빛이 보인다.
증권사 찌라시 속 이야기들 알아요?
신입사원들은 연예인들의 어두운 이야기를 팔아먹는다.
"우린 쓰레기와 찌라시를 동시에 다루죠"
백화점 여직원들은 쓴 웃음을 짓는다. 애송이들.
그들은 끝없이 성꼭대기로 올라가고 있다.
추락은 반복된다.

PM 11:13 대방

역의 입구는 이상한 나라로 통한다.
한 예언가가 이 곳을 피난처로 만들려고 했다.
신이 우리를 구원할 장소라고 선전했다.

♣

"물질의 실재성을 부정하고 모든 게 관념으로서 지각될 뿐이다" 아일랜드 철학자 조지 버클리(George Berkeley)의 말이다. 이곳은 관념 속에서 존재한다. 하긴, 이상한 나라로 가는 입구가 여기 어디였던 것 같다.

PM 11:15 노량진

노량진 역에 내려 육교를 건너간다.
아주 오래 전, 가출한 친구가 여기에서 여자 친구와 숨어있었다.

한 마리 비둘기가 밤의 공기에 취해 창가에 앉아 있었다.
소녀가 벗어 놓은 순수가 침대 위에 던져져 있었다.
비둘기는 표류하는 꿈들이 낙태하는 것을 본다.
(순결은 옛날 유행가보다 인기가 없다)

페인트가 벗겨진 벽에 기대어 소녀는 잠들었다.
소년은 한 쪽 구석에서 잠이 들었다.

왼쪽 눈썹 밑에 작은 흉터, 피를 팔아 술과 담배를 샀다.

피값이 점점 싸진다.
거기에는 유머도 위트도 슬픔도 복수도 쾌락도 없다.
한 번 만이라고 삶을 조롱할 수 있을까.
달이 그들의 벗은 몸을 비춘다.
밤은 조용히 한 곳을 응시하지 못한다.

오랜 시간이 흘렀지만, 비둘기는 노량진을 떠나지 못한다.

PM 11:20 용산

난 용산 한강변의 한 벤치에서 토론을 하고 있는 한 무리의 사람들을 보았다. 그리고 그 무리 중에 매우 특이한 한 남자를 보았다.

그는 팔을 한 쪽 의자에 괴어 놓은 채 조는 듯 꿈꾸듯 앉아 있었다. 시간도 그의 움직임에 따라 정지하고 있는 것 같았고, 빛도 한 곳에 시선을 멈추고 있었다.

보이는 것과 들리는 것은 그의 존재를 명백히게 드러내는 조연들이었다. 감각은 잠시 정지를 명령하고 있었다.

그가 생각하는 동안 토론자들은 매우 격렬하게 주장과 반박을 진행했으나 그는 한 번도 그 논쟁에 끼어들어 자신의 견해를 밝히지 않았다. 여느 때와 마찬가지로 그는 조는 듯 꿈꾸는 듯 의자에 앉아 다리를 꼰 채로 바닥을 내려다보고 있었다. 잠시 눈을 들어 사람들을 쳐다볼 때도 어떤 지향점이 아닌 생각의 한 흐름을 찾아내는 것 같았다.

그가 한 때 열정적인 혁명가였으며, 과격한 반항아로서 살았다는 사실이 나이 든 지금 그에게 어떤 흔적도 남기지 않았다. 거칠고 어두운 시대의 터널을 건너고 "뭐, 그런 것들은 당연하지"라는 무관심에 가까운 객관적인 견해를 유지하고 있었다.

토론하는 도중 흥분하던 한 토론자가 동의를 구하듯 그의 얼굴을 쳐다보았으나 그는 여전히 동일한 자세를 유지하고 있었다. 심연 깊은 곳에서 그의 의식을 끌어올리기 전까지 '영원'에 가까운 시간 동안 침잠하려고 하는 것처럼.

굳게 닫힌 입을 열고 깊고 굵은 그의 목소리가 들리기 전까지 모든 토론자들이 상대방의 논리를 파괴하고자 언어의 포탄을 쏘아대고 있었으나, 그는 입을 꾹 다문 채 한강을 그저 바라만 보고 있었다.

PM 11:23 남영

연어들이 회귀한 고향, 여자의 직장은 남영역에 있었다.
여자는 사무실을 떠났지만 컴퓨터는 밤새 쉬지 않는다.

역 앞의 시계가 침묵을 대신한다.
달력의 붉은 글씨는, 우리 모두
시한부 인생을 산다는 것을 의미한다.
연어들처럼 아침마다 돌아왔다가
저녁이 되면 떠나갔다.

"나는 나를 돌볼 수가 없어요"
여자는 홀로 자신의 길을 걸어간다
현재는 언제나 불만스럽다.

여자는 남편에게 이혼을 요구하기로 한다.
남편이 왕처럼 군림하는 이유는 시소와 같다.

"내가 우리 아이들이 반대편에서 온 힘을 다해 눌러주기 때문이야. 이제 손을 떼면 평평해질텐데, 사랑을 인질로 잡은 시절이 지긋지긋해."
"뭐가 달라지지? 뭐가 좋지?"
남편은 밤샘 회의, 각광받고 인정받고 싶은 욕망, 허망한 유희, 생존에 대한 갈증으로 가족을 희생시키고 있다.

"미안하지만, 이제는 더 이상 안되겠어"
여자는 열차를 기다리며, 자꾸 같은 말을 되뇌인다.

연어들은 언제나 제자리로 돌아온다.
남영역은 연어들로 가득차 있다.

PM 11:26 서울역

남자는 발견한다.
처음 서울에 왔을 때 그 서울역이 아니다.
외양만 변한 게 아니지.
마음속의 서울역이 아니다.

길가에 누워있는 알콜중독자들을 본다.
스스로가 스스로를 죽이고 있지 않은가

서울역에서 병들고 시들은 장미 한 송이 보았지.
이미 발에 밟혀버린 슬픈 장미 꽃잎.
얼마나 많은 꽃잎들이 떨어져야 할까.
누군가 그 꽃잎을 위해 울어줄 수 있을까.

PM 11:30 회현

어제 죽었던 고양이는 오늘 부활한다.
털이 복실하고 허리가 잘 빠진 고양이.

"괜찮아요, 좋을 거에요"
고양이는 핸드백 속의 알약 하나를 건네준다.

"이것으로 만족할 수 있을 거에요"
고양이가 능숙하게 손톱을 다듬을 동안
밖에는 노숙자가 얼어 죽어간다.
고양이는 다비도프 담배를 피웠다.
스커트 안의 허리를 움직여가며

교태의 곁눈질로 시선을 끈다.

“과연 될까 될까”

망설이던 남자는 용기를 내어 말을 건네고
깨끗한 호텔, 샴페인, Only Cash, 정상 체위, 애프터는 사절

남자는 요염한 고양이를 안고
휘청거리듯 안개 속으로 들어갔다.
카페 밖의 노숙자는 얼어 죽어 가고 있다.

흘낏 고양이는 죽음을 외면하려 했다.

고양이가 영국산 그린스빌 향료로 목욕을 하는 동안
남자는 속옷을 전부 벗은 채로
자신의 남성을 유심히 보았다.

알약을 털어넣고 고양이를 안았다

“난 이것으로 만족 안 해.”
고양이는 기다렸다는 듯이 손을 묶었다.
고양이의 신음 소리는 밤을 흔든다.
온몸이 나른한 채로 사각사각거리는 실크 촉감을 느꼈다.
남자의 명함은 이내 쓰레기통에 처박힌다.

호텔 안과 밖에서 두 가지 죽음이 있었다.
노숙자는 얼어 죽어 가고 있었고
고양이는 매일 밤마다 죽는다.

과연 죽어가고 있지 않은 사람이 누가 있을까

PM 11:34 명동

열세 살 때 명동역에는 〈올리비아 핫세〉를 닮은 소녀가 있었다. 아무도 소녀에 관해서 알지 못했다. 이름, 나이, 주소, 가족, 전부 몰랐다. 소녀는 저녁시간에 명동거리에 나타났다. 한참동안이나 말없이 지나가는 사람을 쳐다보았다. 그리고는 자정이 되면 사라졌다.

나는 소녀가 무서웠다. 그녀가 보이면 총총 걸음으로 거리를 벗어나곤 했다. 그러던 어느 날 소녀는 내 뒤를 졸졸 따라왔다. 내가 얼음처럼 멈추어 섰을 때, 소녀는 내 어깨를 잡으며 말했다.

"책을 빌려줄래?"
초점 없는 눈으로 내 머리 뒤 쪽 어딘가를 쳐다보았다.

"무슨 책?"
"아무 책이나? 항상 많은 책을 갖고 다니는 걸 알고 있어."
소녀는 차갑게 웃었다. 웃음이 칼처럼 느껴졌다.

"그, 그럼, 골라봐." 난 겨우 말했다.

소녀는 싱긋, 웃었다. 책가방 속에서 이 책 저 책을 보더니 〈데미안〉을 골랐다. 하필이면 왜 데미안일까?

소녀는 내 눈을 한참 동안 뚫어져라 쳐다보았다.
그 이후 소녀는 책을 돌려주지 않았다. 매일 소녀는 명동역에 나타났지만, 난 돌려달라고 말할 수 없었다. 소녀는 그저 말없이 지나가는 사람들을 쳐다보았다. 소녀는 인형처럼 너무 예뻐서 무서웠다. 지금도 가끔 꿈속에서 그 소녀가 나타난다.

PM 11:38 충무로

충무로역에서 자주 친구를 만난다.
빌어먹을, 만나고 싶지 않은 친구들이다.

"어때, 잘 지내지?"
〈개새끼〉라고 욕하려고 했었다.
증오하는 인간으로부터 인사를 듣게 되면 기분이 나빠진다.

그는 친구를 팔아먹었다.

지금은 구의회 의원을 하면서 이권을 챙기고 있다.
의기소침의 4년이 흘렀다.
그런 인간들이 살아가는 데 명수다.

배신은 아무리 참으려고 해도 결코 익숙해지지 않는다.
가여운 인간들이 먼저 세상을 떠난다.
더운 여름 날 한 통의 연락을 받았다.
친구는 순결하고 차가운 백색의 천으로 덮여 있었다.
추억보다 먼저 땅 속으로 기어 들어갔다.
미망인은 물고기 지느러미 같은 손으로
내 손을 잡고만 있었다, 한참동안.

마지막 술잔을 든 순간 비로소 깨닫는다.
우리는 나이보다 너무 빨리 늙어버린다.

충무로역에서는 제발, 만나고 싶은 사람만 보고 싶다.

PM 11:43 동대문역사문화공원

굳건한 성문은 열리지 않았고
구원을 찾던 순례자들이
길가에서 죽어갈 때
버림받은 영혼들의 비석 위로
한 무리의 까마귀가
죽어가는 모든 것들을 심판하듯
모여 있었다.

PM 11:45 동대문

동대문역은 외국인들의 역이다.
수많은 외국인들이 스쳐 지나간다.
그들은 새로운 시스템을 만들고 있다.

한 때 이곳은 여자애들을 바래다주던 마지막 공간이었다.
(말하자면, 헤어지기 알맞은 장소다)

"당신과 나 사이에 무엇이 있지?"
여대에서 불문학을 공부하던 〈보봐리 처녀〉가 말했다.
그녀는 예쁘지 않다.

어린 소년에게 얼굴과 몸매는 지성보다 중요하다.

“엄지 손가락 굵기의 공간과 우주보다 더 넓은 거리감이 있어.”
그녀는 역에 들어올 때부터 내 입술만 쳐다보고 있었다.
그녀와 딱 한 번 키스를 했는데, 〈보봐리 처녀〉는 그 이후로 자꾸 키스를 보채곤 했다.

“그 거리감을 좁히기 위해서 키스를 해야 하지 않을까?”
〈보봐리 처녀〉는 말했다.
우린 키스를 했다.
그리고 나는 다시 연락하지 않았다.

주위를 돌아본다.
누군가 작별의 키스를 하고 있다.
내가 이방인이 된 듯한 느낌이 든다.

PM 11:49 혜화

혜화역은 시인들의 공간이다.

여기서 그들은 늘 같은 질문을 한다.
이 시대에 시를 쓴다는 것은 무엇인가?

이 시대에 시를 쓴다는 것은
이 시대에 시를 쓴다는 것은

진실로,
진실로,
진실로
무엇을 의미하는 것인가?

PM 11:53 한성대

걷는다.
바다를 떠난 물고기는 아무도 쳐다보지 않는다.
제 자리를 떠난 것은,
모두 참회(懺悔)를 요구한다.

알 수 없는 곳까지 흘러와
이미 멈출 수 없다.

먹는다.
입 속에 불어터진 말(語)들을 먹는다.

배 속이 출렁거린다.
내가 출렁거리면 世界도 함께 출렁거린다.
먹어도 먹어도 굶주림을 면할 수 없다.

다시, 걷는다.
이곳에서는 영혼을 팔면 살기 쉽다.
서성거리다 언제나 길을 잃는다.
'여기가 숲인지, 아니면 늪인지.'
조용필의 노래가 흘러나온다.

어쩐지 걸어 온 이 길은, 늪으로 가득 찬 숲 같다.

PM 11:56 돈암, 혹은 성신여대

걸을 수 있다고 모두 길은 아니다.

찰랑거리는 단발머리 소녀들이 지나가고
수입산 개를 안은 이혼녀가 지나가고
피어싱을 한 남녀들이 지나간다.

역 앞에서 현재(現在)를 기다린다.
모든 알 수 없는 현재(現在)가
이렇게 내 앞을 지나간다.

재규어는 탄력 있는 궁둥이를 내밀고
경적을 울려댄다.

소녀들은 길거리 캐스팅을 당하기 위해
화장을 고치고 코를 세운다.

술집에서 불심검문하던 경찰들은 취한
소녀들을, 소년들의 현재(現在)를 용서하기 했다.

하루 종일 돈암동 골목길을 요요처럼 왔다갔다 했다.
처음부터 이곳의 현재(現在)는 부재중이었다.

알고나 있을까?
사람이 너무 많으면 사람은 주체가 아닌 배경이 된다.

PM 11:59 길음

붐비는 4호선 전철 안에서 매일 당신을 본다.
당신은 매일 길음역에서 내리지.
당신은 외모에 나타난 것보다
더 큰 짐을 마음속에 들여 놓았다.
앉을 자리는 아무데도 없고,
당신은 자주 창밖을 내다본다.

알고 있다.
선천적인 사물에 대한 무관심이
당신의 얼굴을 무표정하고
냉정한 얼굴로 만들었다는 걸.

비록 혈색이 좋다해도
힘없이 이마 위에 흘러내린 흑갈색 머리카락과
깊이 패인 두 눈 사이에서
세월보다 깊은 주름을 본다.

당신은 지금 어디로 갔는가.
또 얼마만큼 와 있는가.

위대한 야망, 일대 변혁과 소용돌이를 꿈꾸는 야망, 개운치 못한 썩은 동아줄들을 잡으려고 한다는 것을, 당신은 지하철 창문을 통해 매일 확인하고 있다.

AM 00:03 미아사거리

미아사거리역에는 항구의 냄새가 난다.

"당신 눈 속에는 내가 없더군요."

검은 눈이 바다로 떨어져 불꽃이 되고
난파된 배는 슬픔으로 남았다.

"누군가는 떠나야한다고 생각했어요"
침묵이 무거운 공기로 짓누른다.
소립자처럼 헤어짐, 이라고 박힌 구슬들이 바닥에 흩어진다.

"말라가는 추억을 되살리는 부질없는 짓이 되겠소."
"지금이 적당한 때는 아니에요."
"언제나 모든 걸 이해할 수는 없다고 스스로를 이해시키면 될 줄 알았어요."

사랑은 유령이 되고
행복은 과거 책갈피 속으로 들어간다.

배 주위를 맴돌던 당신은 헝클어진 눈을 비비며
어둠에서 막 깨어난 깃털 빠진 새
다시 잠들고 싶어 눈을 뜨지 않는다.

당신의 오늘이 희부옇한 웃음으로 축복받는다.

당신을 잃는데, 왜 나를 잃는가.
당신이 떠나는데, 왜 나를 뺏기는가.

배는 검은 눈을 온 몸으로 받으며 떠나지 않는다.
바다를 향해 나아가지 않는다.

이 곳에는 항구의 냄새가 난다.

AM 00:06 미아

미아역 앞에서 친구는 차에 치였다.
고독 속에서 자신의 길을 찾아간 사람을 알고 있다.
위악적인 몸짓, 에너지의 참을 수 없는 포화상태,
유쾌한 웃음과 황홀한 고독이 늘 앞에 놓여있었다.

그가 죽은 다음 날 나만의 작은 장례를 치루었다.

지금 누군가의 입술 자국이 묻은 커피 잔,
네덜란드의 풍차를 본뜬 연필 통,

누런 빛깔의 복권,
아메리칸 익스프레스 카드,
놀란 라이언의 사인이 되어있는 야구공,
NBA 주간 기록표, 15대 국회의원 당선자 명단,
일본과 미국의 주가 변동 분석표,
레오나드 코헨의 I'm your man 앨범 쟈켓,
겨울과 봄의 중간인 날씨,
사소한 일에 대한 스트레스,
쓰다만 드릴러 시나리오,
재즈 칼럼, 불만스러운 청구서,
사랑하는 연인과 지난 밤에 나누었던 사랑의 기억,
알래스카 혹은 달라스에서 보내온
'외롭고 힘들고 쓸쓸하지만 목이 하나도 아프지
않은 공기'로 시작되는 국제 편지.

눈을 감는다.

눈꺼풀이 불빛에 파르르 떤다.
다시 떠오르는 물살, 친구가 차에 치였다.

그는 우체국에서 일하는 한 여자를 사랑했다.
나는 우표도 붙이지 않은 그의 편지를 그녀에게 배달했다.

AM 00:10 수유

마지막 음악이 끝나고
엎질러진 술잔을 남겨두고
사람들은 돌아갔다.

한 여자가 울고 있다.
웨이터는 잠시 무엇을 해야 할 지 몰랐다.

"집으로 데려갈 수는 없겠지."
무엇을 해도 마찬가지라는 생각,
그게 두려웠다.

여자는 잔을 한 동안 쳐다보다가
탁자 위의 열쇠꾸러미를 쥐었다 놓았다 반복했다.

이제 더 이상 문을 열 수 없다.

그래도 정신은 돌아오는 듯 보였다.

고개를 들고 심호흡을 하고
얼음을 오도독 씹어 먹었다.

영업이 끝났다고 알린다.
맥주잔이 발밑으로 굴러 떨어져 돌아다녔다.

이제 한 사람도 남아 있지 않았다.
여자에게 심한 추위가 몰려 왔다.
입술에 얼음이 달라붙는 순간
참을 수 없는 한기를 느끼면서
갑자기 마지막 비웃음을 기억하게 된다.

여자는 얼어가고 있다.
얼음 위로 여자의 눈물 한 방울 떨어진다.

♣

컴백 홈(Come Back Home)
집으로 가는 길은 너무도 멀다.

Es irrt der Mecsch, solange er strebt
(사람은 찾아 애쓰는 동안 방황한다)

괴테(Johann Wolfgang von Goethe), 〈파우스트(Faust)〉

♣

고티에(Theophile Gautie)는 노래했다.

모든 것은 소멸된다. 강한 예술만이
영원을 알 수 있다.
대리석의 흉상은
국가보다 오래 남는다.

어쩌다 농부가
땅속에서 캐낸
엄숙한 상패는
제왕의 모습을 담고 있다.

신들조차 죽음을 피할 수는 없다.
그러나 위대한 시는
죽음보다 강하게
살아 남는다.

【글을 마치며】

이 글들은 주로 대학시절과 젊은 날에 대한 짧은 단편들이다. 처음에 나는 이 글을 원고의 형태로(컴퓨터 파일이 아닌 자필로 쓴 노트형태로) 책장 속에 보관하고 있었다. 책을 내기 위해 다시 꺼내 보았을 때, 나는 적잖이 당황스러움을 느꼈다. 글속에는 어설픈 수사, 설익은 관념과 편견, 불분명한 주장과 묘사들이 다듬어지지 않은 채 고스란히 남아있었기 때문이다. 그러나 한편으로는 가슴 한 구석에서 (결코 미워만 할 수 없는) 애틋한 감정이 솟아나는 것을 느낄 수 있었다. 어쩔 수 없는 젊은 날의 나의 모습이 거기에 있었고, 그것은 내 속에 깊이 잠들어 있던 (지난 날의 흔적과 편린이 조용히 퇴적되어 담겨진) 내면의 목소리이기도 했기 때문이다. 만약, 내가 젊은 날의 치기어린 행동이나 어설픈 실수를 부정한다면, 마음은 편해질 수 있겠으나(이 글에 나오는 다양한 인물들처럼) 애정어린 시선으로 바라보기는 어려웠을 것이다.

독자들은 이 글 속에 어딘지 이질적이고, 혼돈스러운 생각의 고리들을 너무 많이 발견했을 것이다. 그러나 적어도 나는 (조금은 예민한 주제들에 대해서도) 우리가 흔히 친구들에게 털어놓듯이 이야기를 해야한다고 생각했다. 그것이 이 글을 써야했던 이유기도 하다.

이 글의 나오는 주된 이야기들은, 어린 소년이나 소녀의 목소리를 통해 말해지고 있다. 당신에게 이 속에 들어있는 인물들의 어처구니없는 행동과 실수, 연약함과 두려움, 오해와 설익음의 상처들을 보게 되는 것은 그 때문이다.(물론 그 속에 나의 분신도 들어있다.) 이 글의 전 편을 통해 흐르고 있는 수줍은 태도는, 내가 생각하기에, 삶과 현실에 대한 가장 매력적이고 적합한 태도라고 여전히 믿고 있다.

책 속에는 다양한 이야기들이 있지만, 책, 음악, 시, 영화와 같은 예술적 장르나, 죽음, 욕망, 회한, 연민들과 같은 감정은, 모두 〈사랑〉이라는 태양을 중심으로 끊임없이 공전하고 있음을 알 수 있을 것이다. 그러나 그것은 쉽게 말해질 수 없는, 쉽게 가까이 갈 수 없는 태양이다. 독자들은 이 책이 바로 그런 이유로, 언어로 표현할 수 없는 것들을 말하고자 한다는 사실을 알 수 있을 것이다. 언어의 한계는 세계의 한계이지만, 사랑은 그 한계를 뛰어넘는다. 감히 말하건데, 사랑이 없었다면 나는 살아있지도, 이 글은 남아있지 않았을 것이며, 어쩌면 독자들에게 보여줄 생각도 할 수 없었을 것이다.

본문 중에 〈사람들이 너무 많으면, 인간은 주체가 아닌, 배경이 된다〉라는 문구가 나온다. 하지만 나에게 한 번도 인간이 주체가 아닌, 배경이 된 적이 없었다.

구체적으로 명시되어 있지는 않지만, 이 글 속에는 숨어있는 인물들이 많이 있다. 가족들, 선생님들과 친구들, 선후배들, 동료들, 제자들. 이들로부터 받은 사랑, 탁월한 지혜, 양심과 도덕, 세련됨과 웃음, 선의와 배려가 이 글 곳곳에 숨겨져 있다. 내가 보는 것, 행동하는 것, 말하는 것 하나하나가 그들이 만들어 놓은 다양한 삶의 퇴적으로부터 영향 받은 것이다. 그렇다고 한다면 결국 이 책은 나와 당신, 우리, 그들이 만들어낸 공동의 창

작물이라고 할 수 있을 것이다. 나는 다만 그들의 이야기를 옮겨 적은 것뿐이다.

마지막으로, 나는 언제나 감사드린다. 당신이 있기에 내가 살아가고 있다. 첫 문장에 나온 것처럼 당신은 내게 진정한 신이며, 선택한 자이며, 기룬 님이며, 하늘이며 주체다. 그리고 카슨 맥컬러스가 말한 것처럼, 글을 쓴다는 것은 바로 당신이라는 신을 찾아가는 일이기도 하다.

제목 눈동자에 비친 외로운 존재의 그림자

초판발행 2016년 1월 5일

지은이 동수현
펴낸이 추일재
디자인 박미옥

펴낸 곳 비즈프레스
주소 서울시 강동구 천호동 359-23
전화번호 (02) 309-5356
출판등록 제324-2006-0044호
이메일 bizpress@hanmail.net

인쇄 현대인쇄소
제본 화신제본소

ISBN 979-11-86331-13-2 (03800)